KB049106

재롱 잔치

일러두기

- 이 글은 짠나(백재은)의 시점으로 쓰였으나, 큰나(백다윤)와 짠나가 함께 논의하여 작성했습니다.
- 이 글의 일부 표기는 국립국어원의 원칙과는 다르나, 말맛을 살리기 위해 저자의 표현 그대로 실었습니다. (ex. 말티즈, 숯검댕이)
- 책 속의 QR코드를 스캔하면 동영상을 함께 감상하실 수 있습니다.

지구최강 사랑둥이 강아지 재롱이의 성장일기

재롱 잔치

재롱이 누나

샘터

목차

1장

**재롱아
만나서 반가워**

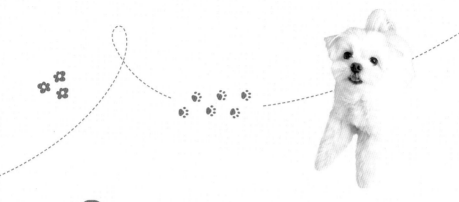

4장

너의 모든 순간을 함께할게

재롱이의 식구들을 소개합니다

🐾 재롱이 11살 수컷 말티즈

이리 보면 똘망똘망, 저리 보면 몽글몽글한 치명적인 외모의 소유견.
외모와 달리 상당히 무던하고 쿨한 성격이며, 웬만해서는 짖지 않는다.
하지만 먹을 것 앞에서는 이성을 잃는 편.
큰나 남자친구네 강아지인 또치의 둘째 아들로, 운명처럼 백씨네 가족이 되었다.
우연한 계기로 '공사장 강아지'로 알려져 현재 자타공인 사랑둥이 강아지의 삶을
보내고 있다.

좋아하는 것: 먹는 거   싫어하는 것: 천둥소리

🐾 짠나 재롱이의 작은누나

세심하고 상냥한 견주의 상징이자 재롱이의 미모를 더 빛나게 해주는 일등 공신.
순두부 같은 마음의 소유자로 걱정이 많아 심장이 '쿵' 하고 자주 내려앉는 편이다.

잘하는 것: 재롱이 건강과 미모 관리하기   못하는 것: 재롱이 얼굴 지저분한 것 참기

🐾 큰나 재롱이의 큰누나

재롱이를 집으로 데려온 장본인이자 재롱이의 구 최애(현 최애에 대해서는 의견
이 분분하다).
자유롭고 호쾌한 스타일이며, 결혼했지만 재롱이를 보기 위해 수시로 친정에 와
있는 편이다.

잘하는 것: 호들갑스럽게 재롱이 칭찬하기   못하는 것: 목욕한 재롱이 빗질하기

🐾 **엄마** 재롱이의 엄마

사고뭉치 재롱이의 뒷수습을 담당하고 있으며, 10년 동안 요리하는 모습을 재롱이에게 감시당하고 있다.
누나들 몰래 재롱이에게 맛있는 것을 주는 게 특기이자 소소한 행복이다.

🐾 **아빠** 재롱이의 아빠

재롱이에게 상당한 자부심을 가지고 있으며, 재롱이가 깨워줘야 일어난다.
아직 재롱이와의 뽀뽀를 어려워한다는 건 비밀.

🐾 **남동생** 재롱이의 하나뿐인 형

자기만의 규칙을 가지고 재롱이를 예뻐해준다. 특기는 재롱이 진정시키기.

🐾 **형부** 큰나의 구 남자친구이자 현 남편

재롱이에게 한없이 관대하고 자상한 편. 재롱이는 우리 또치가 낳아서 이렇게 예쁘다며 노래하는 것이 취미이자 특기다.

🐾 **또치** 재롱이의 친모견

'말티즈는 참지않긔'의 정석 강아지.
새침하고 도도한 성격과 달리 미모는 매우 청순하다.
2살에 재롱이를 비롯한 삼 남매를 낳았으며, 다른 강아지에겐 까칠하지만 재롱이에게만은 비교적 친절한 편이다.

1장

재롱아 만나서
반가워

어쩌면
가능할지도 몰라

기억하기로는 초등학생 때부터 강아지를 키우고 싶었다. 보통 그 나이 아이들이 가지고 있는 강아지에 대한 환상 때문인지, 아니면 작은 털북숭이에게 진심으로 반해서인지는 잘 기억이 나지 않는다. 하지만 나와 달리 엄마와 언니는 강아지를 조금 무서워하는 편에 속했다. 특히 엄마는 그 정도가 더 심했는데, 하루는 아파트 단지에서 우연히 마주친 대형견을 보고 온몸에 오한이 들어서 결국 새벽에 응급실에 갔을 정도였다. 그 대형견은 엄마와 약 30미터 떨어진 곳에서 얌전히 서 있었을 뿐이지만…. 아무튼 엄마에게 개라는 존재는 엄청난 두려움이었던 것이다. 그런 엄마가 있는 집에서 강아지를 키운다는 건 내가 봐도 불가능해 보였다.

여러 해가 지나면서 강아지를 키우고 싶다는 마음은 서서히 잊혀갔다. 그렇게 고등학생이 된 나에게 언니는 처음으로 강아

우리 집에 온 재롱이는 첫날부터 바닥에 철퍼덕 엎드려서 잘 잤다.
아주 작고 아주 귀여웠던 아기 재롱이.

지 이야기를 꺼냈다. 언니 남자친구의 강아지인 또치였다. 태어
나서 처음 강아지를 가까이서 보았는데 되게 귀엽더라고. 착한
것 같다고. 사실 또치의 발바닥이 언니의 손바닥에 올라온 정도
의 교류밖에 못 해봤지만, 그래도 강아지와 살면 지금껏 겪어보
지 못한 결의 행복이 있을 것 같다고 말했다.

  '언니가 저 감정을 이제야 알다니. 난 늘 가지고 있던 생각
이었는데….'

  그러면서 보여준 핸드폰 화면 속의 또치는 정말 반짝반짝

빛나게 예뻤다. 그런 또치가 가정 교배를 하고 임신을 했다고 한다. 그럼 아기 강아지들이 생긴다는 건데… 잊혔던 나의 바람이 슬며시 떠오르는 순간이었다.

　어쩌면 가능할지도 몰라…!

우리 집에
강아지가 온다고?

그날 밤, 엄마에게 슬며시 물었다.

"엄마, 또치 알지? 또치가 새끼 낳으면 우리 집에 한 마리 데려와서 키워도 돼?"

"안 돼."

예상한 대답이다. 십여 년의 반대가 어느 날 갑자기 뒤집힐 거라곤 사실 기대도 안 했다. 그냥 말로 설득해서 될 일이 아니었다. 언니랑 계획을 세웠다. 엄마가 작은 강아지를 가까이서 본 적이 없으니 또치를 직접 보여주자고. 그렇게 결심을 하고 언니의 남자친구와 함께 또치를 집으로 데려왔다.

또치는 우리 집이 낯선지 가방 안에 얌전히 있었다. 간식을 줘도 살포시 받아먹고, 장난감을 줘도 한 발짝만 살짝 나와서 가져갔다. 그렇게 거실 한복판에서 언니와 내가 또치를 구경하고 있을 때 엄마는 부엌 끝에 서서 바라보고 있었다. 우리 엄마는 본인이 표정을 잘 숨긴다고 생각하지만 사실 굉장히 투명한 사람이다. 관심 없는 척하지만 또치가 귀여운 행동을 할 때마다 입꼬리가 올라가는 게 보였다. 왠지 우리 계획이 성공했을지도 모른다고 생각했다.

며칠 뒤, 엄마에게 한 번 더 물어봤다. 또치의 귀여움과 순함이 엄마에게 제발 통했기를 바라면서.

"엄마, 우리 강아지 키우면 안 돼?"

"뭐… 또치 같은 애면 괜찮을 거 같아."

엄마는 새침하게 말했다. 우리 엄마가 이 정도로 말했다는 건 사실상 완전 오케이다. 이미 입이 귀에 걸려서 우리 집 거실을 돌아다니는 아기 강아지를 상상하다가 퍼뜩 떠오른 생각. 아직하나 더, 마지막 관문이 남았다는 거. 퇴근한 아빠에게 물었다. 혹시 강아지 키워도 되냐고.

"맘대로 해~"

야호! 드디어 우리 집에 강아지가 온다. 또치의 아기 강아지가!

✿ ✿ ✿

아기 강아지 시절의 재롱이. 어느덧 너와 함께한 시간은 10년이 넘었네.

강아지 이름 공모전

또치가 새끼를 낳기 전부터 우리 집에선 강아지 이름 공모전이 열렸다. 아니 사실 열렸다가 바로 닫혔다. 첫 번째 의견이 만장 일치로 통과되었기 때문.

우리 집은 엄마, 아빠, 언니, 나, 남동생, 이렇게 다섯 식구다. 그리고 우리 삼 남매는 이름에 '재' 돌림자를 쓴다. (썼었다. 언니는 개명을 했다.) 언니 '백재ㅇ', 나 '백재ㅇ', 동생 '백ㅇ재'. 그렇다면 우리 집 막내가 될 강아지 이름에도 돌림자가 들어가면 좋겠는데… 우리 가족이 되는 거니깐.

"'재'가 들어간 강아지 이름이 뭐가 있지?"
"음… 재롱?"

만장일치로 통과! 이 이름 말곤 없다.

사실 '백재롱'이라는 이름은 우리 언니의 구 남자친구, 현 남편인 형부 아이디어다. 재롱이 이름의 유래 이야기만 나오면 자기 아이디어라고 꼭 한마디 얹기 때문에 이렇게라도 밝혀야 한다. 찰떡인 이름을 지었으니 뿌듯해하는 거, 인정.

생각할수록 잘 지은 이름 재롱. 이름도 예쁜 재롱이.

새끼를 낳은 또치

2012년 7월의 늦은 밤, 또치의 진통이 시작됐다.

쉬운 출산이 어디 있겠냐마는 또치는 유독 힘든 출산을 했다. 또치는 세 마리의 새끼를 가졌는데, 다리부터 나오기 시작한 첫째가 그 고생의 시작이었다. 겨우겨우 힘들게 나온 첫째는 양막을 벗겨내도 숨을 쉬지 않았고, 언니 남자친구의 여동생이 인공호흡과 심장마사지를 하여 간신히 숨을 쉬기 시작했다고 한다. 그렇게 힘들게 첫째가 나온 뒤 둘째는 큰 어려움 없이 금세 나왔다고. (참고로 둘째가 재롱이다.) 하지만 그다음에 나온 셋째가 거의 한 시간에 걸려 나왔고, 또치는 그렇게 힘든 출산을 끝낼 수 있었다.

우여곡절 끝에 나온 세 마리의 또치 새끼들은 다행히 모두 건강했다. 첫째는 암컷, 둘째는 수컷, 셋째도 암컷. 우리가 처음부터 둘째를 데려오려고 한 것은 아니지만 어쩌다 보니 둘째가

우리 재롱이가 되었고, 이미 이름이 지어져 있는 재롱이를 필두로 첫째는 아롱이, 셋째는 다롱이라고 예명을 지어주었다. 아롱, 재롱, 다롱. 또치의 새끼들, '롱' 삼 남매의 탄생이었다.

그리고 언니 남자친구네 집은 산후조리원이 되었다. 당시 또치는 2살이고 새끼를 처음 낳았는데 신기하게도 화장실 갈 때를 제외하고는 24시간 내내 새끼들 곁을 떠나지 않았다고 한다. 진짜 산후조리원처럼 또치를 위한 특식도 한 달 내내 제공되었다. 미역국이 출산한 강아지에게도 좋은 음식이라고 해서, 미역을 물에 담가 염분을 빼고 닭고기나 소고기를 넣은 미역국을 끓여서 사료를 말아 밥으로 줬다. 확실히 수유를 해서 그런지 또치

또치와 똑 닮은 아롱 재롱 다롱 삼 남매.

가 평소 먹던 양의 두세 배는 먹어서, 하루가 멀다 하고 고기를 삶고, 살을 바르고, 국을 끓였다.

이런 정성에 보답하듯, 지금도 마찬가지지만 어린 시절 재롱이는 참 튼튼하고 건강했다. 유독 또래 강아지들과 구별될 정도로 아픈 데 하나 없이 쌩쌩하고 에너지가 넘쳤는데, 그때나 지금이나 우리는 항상 말한다. 재롱이가 튼튼한 건 건강한 엄마의 모유도 많이 먹고, 좋은 음식도 많이 먹고, 무엇보다 사랑을 듬뿍 받으면서 아기 시절을 보내서라고.

사랑을 먹고 자란 재롱이, 사랑둥이 재롱이, 우리가 그 사랑 계속 줘야지.

재롱이
데리고 오는 길

재롱이가 태어난 지 두 달이 되었다. 재롱이를 데려오기로 한 날, 언니는 홀로 남자친구의 집으로 향했다. 웃기게도 언니는 남자친구의 어머님을 처음 뵙는다는 것이 더 신경 쓰여, 재롱이를 어떻게 데리고 올지에 대해선 아무 생각이 없었다고 한다. 그저 예쁘고 단정한 옷을 입을 생각만 했을 뿐.

그렇게 언니가 남자친구의 집에 들어서자 두 마리의 꼬물이들이 (첫째 아롱이는 먼저 분양이 되었다.) 꼬리를 흔들며 언니 발치에 와서 맴돌기 시작했다. 작은 아기 강아지들의 털이 언니 발에 닿는 순간 언니는 깨달았다. 살면서 단 한 번도 그 어떤 무게감 있는 동물을 들어본 적이 없다는 사실을. 강아지도, 고양이도, 심지어 병아리마저도…. 강아지를 키우겠다며 데리고 가고자 남자친구 집까지 방문했는데, 머리로는 '잘 키우겠습니다.' 하며 쓰다듬고 안아줘야 된다고 생각했지만 언니는 차마 만질 수도 없었다고 한다. 선 채로 그대로 얼어붙어서 작게 '우와아 아….'만 내뱉었을 뿐이었다고.

결국 언니는 재롱이의 털끝 하나 만져보지 못한 채 재롱이가 들어 있는 켄넬을 안고 차에 탔다. 집으로 오는 차 안에서 언니는 덜컥 겁이 났다.

'진짜 우리 집에 강아지가 오네. 정말이네. 이제 평생 같이 살아야 해. 우리 가족이야. 아, 그런데 난 강아지를 만져본 적도, 들어본 적도 없는데 어떡하지. 나 같은 애가 어쩌자고 강아지를 키우겠다고 한 거지? 미쳤다….'

그저 집 안을 쫑쫑대며 돌아다니는 작은 강아지만 상상하다가 데리고 오는 순간이 되어서야, '강아지를 키운다'는 결정이 그 강아지에게도 키우는 이에게도 얼마나 큰일인지, 앞으로의 삶이 바뀔 정도의 중대한 선택인지를 깨달은 것이다. 그래도 언니의 겁은 이내 다짐이 되었다.

'재롱이는 나만 믿고 오는 거야. 내가 다 해야 해. 잘할 수 있을 거야. 아니, 잘할 거야.'

조심스럽게 안아본 아기 재롱이.
작고 소중하다.

재롱아 우리 집에
와줘서 고마워

드디어 재롱이가 우리 집에 오는 날이다. 나는 늦은 밤까지 학원에 있었지만 마음은 계속 집으로 향했다. 사실 그날 수업은 안중에도 없었다. 지금 이 시간이 지나고 집에 가면 우리 집에 '강아지'가 있는 거라니. 말도 안 돼.

수업이 끝나자마자 생전 뛰어보지 않은 속도로 집으로 달려갔다. 그리고 현관문을 열고 마주한 건, 노란 마룻바닥 위에 내 손바닥보다 조금 큰 하얀 털 생명체가 나를 향해 아장아장 걸어오는 모습이었다. 웃기게도 언니가 처음 재롱이를 마주했을 때처럼 나 역시 그대로 서서 입이 벌어져 웃음만 나올 뿐, 재롱이를 바로 만질 수가 없었다. 눈앞에 있는 것이 믿기지 않으면 움직일 수 없다는 말이 정말 맞나 보다.

처음 느껴보는 감정이었다. 행복이 마음속에서 팡팡 터지는 것이 온몸으로 느껴졌고, 동시에 처음 겪어보는 밀려오는 행

모든 것이 선명한
재롱이와의 첫 순간.

복감에 어찌할 바를 몰랐던 것 같다. 그리고 아기 재롱이는 내 생각보다 훨씬 작아서 내가 이 아기 강아지를 어떻게 만져야 하는지, 어떻게 눈을 마주쳐야 하는지, 어떻게 교감을 해야 하는지 모든 것이 처음이라 조심스러웠다.

재롱이를 처음 만나던 그 순간은 10년이 지난 지금까지도 모든 장면, 모든 느낌이 생생할 정도로 선명하게 기억에 남아 있다. 돌이켜보면, 재롱이와 나, 우리가 우연히 만나서 이렇게 깊은 연이 되었다는 것이 정말 귀하고 감사한 일이다.

재롱아, 우리 집에 와줘서, 나를 만나줘서, 너무너무 고마워.

✿ ✿ ✿
산책길에 네잎클로버를 발견했다. 재롱이가 가져다준 행운일까?

밤만 되면
짖는 강아지

그런데 첫 만남의 감격은 금세 사라졌다. 재롱이가 집에 온 첫날 밤, 재롱이는 새벽 내내 엄청 짖었다. 기억하기론 한 사흘은 밤마다 짖었던 것 같다. 분명 낮에는 한 번도 안 짖고 잘 놀고 아무 문제가 없는데, 이상하게 밤만 되면 계속 낑낑거리며 짖었다. 우리도 강아지를 처음 키우기에 영문을 알 수가 없었다. 인터넷에 검색해도 답을 모르겠고, 또치네에 연락해서 물어도 봤지만 또치 집에 있을 때는 한 번도 짖지 않고 아주 잘 잤다고 했다. 가족 모두가 며칠 동안 제대로 잠을 자지 못해 피곤했다. 하지만 무엇보다 재롱이가 가장 힘들고 피곤했을 거다. 그 조그마한 몸으로 밤새 짖었으니.

우연히 발견한 원인은 바로 울타리였다. 당시 글로 배운 강아지 수면 교육에 따르면 강아지와 사람이 자는 공간을 분리해야 강아지 정서에 좋다고 했다. 그래서 재롱이가 오기 전 울타리를 구매했고, 거실 한쪽에 울타리를 둥글게 만들어서 그 안에 푹신한 방석을 깔아 재롱이가 잘 수 있는 공간을 만들어둔 뒤 밤에는 울타리 안에서 자게 했다. 바로 그 울타리가 문제였다. 요 하얀 강아지 재롱이는 갇히는 게 싫은 강아지였다.

생각해보면 태어나자마자 엄마와 형제들과 온 집 안을 쏘다니며 자유롭게 살던 아기 강아지가 하룻밤 사이에 낯선 곳에서 갇혀 있으려니 얼마나 불안하고 답답했을까 싶다. 우리의 생

갇히는 게 싫은 아기 강아지 백재롱.

각이 짧았다. 울타리를 없애고 집 어디든 아무 곳에서나 잘 수 있도록 했더니 밤마다 짖는 문제는 바로 해결됐다. 언니 침대, 내 책상 밑, 거실 구석, 소파 등 재롱이는 사방을 돌아다니며 잠을 잤다.

답답한 걸 싫어하는 이 쪼끄만 강아지. 호불호가 아주 뚜렷하다.

재롱이는 괜찮아?

재롱이가 집에 온 다음 날 아침, 고등학생인 나와 대학생인 언니는 학교에 갔다. 그리고 마치 짠 듯이 몇 시간 뒤 우리는 다시 집에서 만났다.

학교에 간 나는 아침 자습만 하고 조퇴를 한 뒤 집에 돌아왔다. 이유는 이상하게 배가 아팠기 때문. 등교하자마자 돌아온 나를 보며 왜 다시 왔냐고 묻는 엄마에게 머쓱하게 "배가 아파…" 라고 답하며 스멀스멀 재롱이 옆으로 가서 누웠다. 그렇게 교복을 입은 채 한 시간 전에 본 재롱이를 처음 보는 것처럼 쳐다보며 뒹굴고 있는데 현관문이 열리며 언니가 들어왔다. 그리고 언니는 들어오면서 바로 말을 꺼냈다.

"재롱이는 괜찮아?"

언니의 사연인즉슨, 언니는 밤새 짖는 재롱이를 걱정하느라 잠을 자지 못했고 결국 울타리에서 꺼내와 재롱이가 잠드는 걸 보면서 심란한 아침을 마주했다. 그리고 학교에 갔는데 엄마도, 아빠도, 동생도, 모두 강아지라는 존재가 처음인 집안이기에 언니가 없는 사이에 무슨 일이 벌어질 것만 같았다고 한다. 이를테면 재롱이가 지나가는 아빠 발에 차이거나 혹은 부엌에서 나오는 엄마가 재롱이를 밟는 그런 여러 가지 일들. 그렇게 상상이 끊이지 않은 언니가 재롱이 걱정을 구구절절 늘어놓으니 친구들이 그럴 거면 그냥 집에 가라고 해서 집에 왔다는 게 언니의 사연이었다.

재롱이는 우리 집에 온 지 하루도 채 안 되어 우리 모두의 평범한 일상을 바꾸어놓았다. 그리고 우리 둘은 햇살이 가득한 거실에 엎드려서 재롱이를 구경하며 그날 하루를 보냈다. 작은 발짓, 하얀 털끝 하나하나에 행복해하면서.

강아지에 대한 모든 것이 처음이었던 우리 집.
잘 적응해줘서 고마워 재롱아.

내 가족이 가버렸다

재롱이가 우리 집에 온 지 사흘째 되던 날, 언니의 남자친구가
집에 왔다. 재롱이가 잘 있는지 궁금해서 겸사겸사 온 것이다.

사실 재롱이는 너무 잘 있었다. 재롱이는 우리 집에 오자마
자 켄넬에서 나와 거실을 횡단한 뒤 부엌을 바라보며 배를 깔고
대자로 엎드렸다. 그리고 귀가하는 가족들을 한 명씩 마주한 뒤
집 안 구석구석을 살펴보고 잠이 들었다. 흔히 듣는 강아지가 새
집에 적응을 못 한다는 이야기와 상당히 다른 모습이었다. 그리
고 울타리 사건을 제외하면, 하루 종일 잘 놀고 밥도 잘 먹고 잠
도 잘 잤다. 그래서 새집 적응은 이미 완료된 거라고 생각했다.

그렇게 적응 걱정은 할 필요도 없던 재롱이는 언니 남자친
구를 보자 꼬리가 아닌 엉덩이를 마구 흔들 정도로 반가워했다.
그리고 반나절 동안 재롱이가 자는 곳도 보고, 밥 먹는 것도 보
고, 재롱이랑 신나게 놀고 언니의 남자친구는 돌아갔다. 문제는

그다음이었다.

언니의 남자친구가 떠난 뒤 재롱이가 갑자기 현관문을 향해 크게 '윙!' 하고 짖었다. 그때나 지금이나 마찬가지지만 재롱이는 웬만해서는 짖지 않는 강아지다. 그런 강아지가 처음으로 크게 짖은 것이다. 그리고 가만히 서 있던 재롱이는 갑자기 소파 밑으로 기어들어 가더니 한참을 나오지 않았다.

아기 재롱이의 생각을 읽을 수는 없지만, 아마 그때까지 재롱이는 언니의 남자친구를 자기 가족이라고 생각했던 것 같다. 태어나서 두 달 동안 같이 산 가족. 가족이 없는 곳에 있을 때는 크게 인지를 못 했지만 가족이 자기를 두고 없어지니 엄청 서운했나 보다.

우리는 이 모습에 많이 놀랐고, 재롱이가 우리를 완전히 가족으로 받아들일 때까지, 또 재롱이가 이 집을 완전히 자기 집이라고 생각할 때까지 언니 남자친구를 못 만나게 하기로 했다. 그리고 그 후 2년 동안 언니의 남자친구는 우리 집에 오지 못했다.

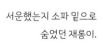
서운했는지 소파 밑으로
숨었던 재롱이.

강아지는 쉬를
어디에 하지

재롱이가 우리 집에 온 지 일주일이 지나자 우리 집의 모습은 많이 달라져 있었다. 거실 한쪽에는 커다란 강아지 방석이, 안방과 부엌으로 가는 통로에는 울타리가, 화장실 앞에는 배변 판이, 그리고 온 집 안 곳곳에 배변 패드가 깔려 있었다. 재롱이는 배변 교육이 필요했고, 우리는 인터넷에서 찾은 방법을 보고 어설프게 따라 하는 중이었다. (당시에는 이곳저곳에 배변 패드를 깔아놓고 서서히 개수를 줄여나가는 교육이 유행이었다.) 온 집 안에 쉬 냄새가 진동할 거라는 건 예상하지 못했지만.

엄마는 인상을 찌푸렸다. 집에 들어오면 쉬 냄새가, 그리고 사방팔방 쉬 묻은 재롱이의 발자국이 바닥 가득이니 그럴 만도 했다. 엄마는 냄새 때문에 머리가 아프니 배변 패드를 싹 다 치우라고 했고, 언니와 나는 엄마 눈치를 보며 고민했다. 냄새가 덜 나는 방법이 뭐가 있지.

재롱이가 집에 온 뒤 우리 집 모습은 많이 달라졌다.
매일매일 우당탕탕 백재롱.

"엄마. 그럼 혹시 재롱이가 배변 패드 말고 화장실에 쉬하면 어떨 것 같아? 화장실에 쉬하면 그때그때 바로 물 뿌려서 냄새가 안 날 것 같은데…"

"그래. 차라리 그게 낫겠다."

엄마는 마뜩잖지만 어쩔 수 없다는 듯이 말했다. 그리고 대학생인 언니는 하루 종일 재롱이 옆에 붙어서 언니만의 교육을 하기 시작했다. 재롱이 옆에 있다가 재롱이가 쉬할 것 같으면 바로 화장실로 들고 가서 쉬를 하게 하고, 재롱이가 쉬를 하고 나오면 박수를 치면서 환호성과 함께 방방 뛰며 칭찬하고 간식을 줬다. 언니는 원래도 오두방정을 잘 떨어서 언니 적성에 딱 맞는 교육이었다. 다행인 건 재롱이에게도 이 교육이 아주 잘 맞았다. 오두방정을 떠는 언니를 보고 재롱이는 혀를 내밀며 같이 신나서 폴짝폴짝 뛰었다. 그리고 하루가 지나자 재롱이는 화장실에 쉬를 하는 강아지가 되어 있었다. 이렇게 쉬운 일이었다니.

　지금의 재롱이는 펜션을 가도, 친구 집에 놀러 가도, 새집으로 이사를 해도 알아서 화장실에 가서 쉬를 한다. 아니 엄밀히 말하면, 타일에 쉬를 하는 것 같다. 화장실 문이 닫혀 있으면 그와 비슷한 타일이 깔린 베란다나 다용도실에 가서 쉬를 하니깐. 아무튼 백재롱, 정말 웃긴 강아지다.

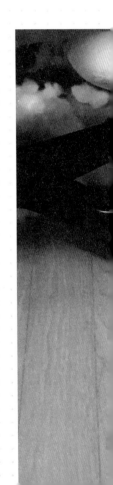

✿ ✿ ✿
어릴 적 재롱이는 물고 뜯는 것을 좋아하는
사고뭉치 강아지였다.
사고 치고 나서 이렇게 순진무구한 표정으로 쳐다보면
어떡하라고 백재롱...!

그때는 이런 교육이

TV와 유튜브 등의 채널에서 강아지 전문가들이 모습을 자주 드러내기 시작한 건 의외로 얼마 되지 않았다. 요즘은 처음 강아지를 키우는 사람이 어떻게 키워야 하는지에 대한 기본 개념과 방법을 쉽게 접할 수 있지만, 재롱이를 데리고 온 2012년에는 그렇지 않았다. 강아지 키우기에 대한 정보는 오로지 네이버 블로그 검색뿐. 그리고 당시 가장 보편적으로 언급되는 정보는 압박 훈련을 통한 서열 정리 방법이었다. 물론 지금도 강아지와 가족 간에 서열이 정리되어야 한다는 말이 있지만, 당시에는 훈련을 통해 '강아지를 복종시켜야 한다'는 분위기가 있었다.

그래서 나도 따라 했다. 그때 블로그에서 보고 실제로 했던 훈련은 강아지를 허벅지 사이에 두고 가슴 부위와 앞발을 약간 압박한 뒤, 저항하면 강력하게 제압하는 방식이었다. 눈을 꼭 마주치면서. 사실 이 방법이 옳은 방법인지 아닌지는 지금도 모르

겠다. 어쨌든 그래도 훈련을 하면 좋지 않을까 해서 한 열흘 정
도 이 훈련을 했던 것 같은데, 하면 할수록 재롱이가 '이게 도대
체 뭐 하는 거야?' 하는 눈빛으로 쳐다볼 뿐 특별히 효과가 있다
는 느낌을 받지 못했다. 그래서 그만둬버렸다.

　뭐 사람 바이(by) 사람이란 말도 있는데, 이것도 '개바개' 아
니겠나 싶다.

괄괄한 강아지

흔히들 말티즈는 예민하고 참지 않는 성격을 가졌다고 한다. 반면, 지금의 유튜브나 인스타그램을 통해 알려진 재롱이는 말티즈답지 않게 순하고 무던해서 신기하다는 반응이 제법 있다. 하지만 어린 시절 재롱이는 꽤나 무서웠다. 아니, 적어도 우리 가족에 한해서는 무서웠다.

태어난 지 두 달이 되어서 우리 집에 온 재롱이는 금세 적응을 했고 에너지가 넘쳐서 온 집 안을 질주하며 다녔다. 그것도 항상 '괄괄'대면서. 멍멍도 아니고, 왈왈도 아니고, 꼭 '괄괄'대고 뛰어다녔다. 특히 거실 한쪽에 있다가 다른 쪽에 서 있는 엄마나 누나를 보면 갑자기 "괄괄괄괄!" 하면서 막 뛰어왔는데, 그럼 엄마와 언니와 나는 그런 재롱이가 무섭다고 소파로 펄쩍 뛰어 올라갔다.

지금 생각해보면 참 웃기다. 손바닥보다 조금 큰 강아지가 괄괄대봤자 그게 얼마나 무섭다고. 심지어 이빨도 제대로 안 난 새끼 강아지인데. 그렇지만 강아지를 처음 키우는 우리에게는 마치 표범 한 마리가 뛰어오는 것처럼 느껴졌고, 뭐가 그리 무서 웠는지 "엄마~!" 소리를 지르며 재롱이가 따라 올라오지 못하는 소파 위로 올라가서 다리까지 쪼그려 앉아 있었다. 그럼 재롱이 는 그런 우리들을 기세등등하게 쳐다보곤 거실 한복판에서 자유 롭게 뛰놀았다. 그때부터였던 것 같다. 재롱이가 그 누구의 눈치 도 보지 않는 강아지가 된 건.

괄괄괄. 온 집 안이 자기 세상인 아기 재롱이.

물론 지금이야 재롱이가 그렇게 괄괄대며 뛰어오면, 언니는 똑같이 괄괄대며 뛰어가 주고 나는 재롱이가 그대로 내 무릎으로 퐁당 점프해주길 바라며 팔을 벌린다. 쪼끄만 게 귀여워가지고 정말.

✿✿✿

약간 괄괄하지만 청순한 미모 소유견.

엄마의 세상에
들어온 재롱이

재롱이가 우리 집에 온 지 몇 주일이 지나자 우리 가족은 재롱이
와 함께하는 일상에 빠르게 익숙해졌다. 마치 재롱이가 예전부
터 있었던 것처럼. 하지만 가족 모두가 익숙해진 건 아니었다. 엄
마는 이 변화에 아직 적응하지 못하는 것 같았다. 집 안에 생겨
난 여러 가지 강아지 물품들, 이곳저곳 활보하며 사고 치고 다니
는 강아지, 낯선 냄새와 흔적들. 한동안은 엄마가 재롱이와 가까
이 있는 모습을 볼 수 없었다.

그리고 시간이 흘러 거실에서 TV를 보고 있을 때 저 옆에서
인기척이 느껴졌다. 거실의 가장자리에는 재롱이의 쿠션이 놓여
있었는데 엄마가 그 옆에 쪼그리고 앉아서 잠자는 재롱이를 들
여다보고 있었다. 마치 만지면 안 되는 작은 유리알을 보는 것처
럼. 그리고 싱긋 웃더니 담요를 끌어올려 살며시 덮어주었다. 그
모습을 본 나는 슬쩍 물었다.

엄마 품속 재롱이. 밥풀을 기다린다.

"엄마, 재롱이 진짜 귀엽지?"

"응."

짧은 대답이지만 엄마는 방긋이 웃고 있었다. 나도 같이 웃었다. 엄마도 재롱이도 귀여웠다.

그리고 어느 주말 아침, 침대 위에서 늦잠을 자고 있는 나에게 재롱이가 총총 걸어왔다. 침대 밑에서 왔다 갔다 하며 올려달라고 몸짓을 했던 것 같다. 하지만 나는 잠에 취해 해롱해롱하며 손을 휘저었고 그사이 엄마가 내 방문 앞에 나타났다. 엄마는 올라가지 못하는 재롱이와 올려주지 못하고 있는 나를 보더니 혀를 한 번 차면서 재롱이를 들어올려 안고 방을 나갔다.

잠에 취해서 본 그 장면이 왜 이렇게 인상 깊게 남아 있는지 모르겠다. 마치 그 모습을 기점으로 엄마의 세상에 재롱이가 들어간 것처럼 느껴졌다. 사실 생각해보면 재롱이와 가장 많은 시간을 보내는 사람은 엄마다. 내가 집에 없는 동안 엄마와 재롱이는 같은 공간에서 같은 시간을 공유해왔을 것이다. 그리고 엄마는 엄마도 모르는 새 서서히 재롱이에게 마음을 내어주었다.

지금의 엄마는 재롱이를 폭 끌어안을 때 큰 행복을 느끼는, 재롱이 엄마가 되었다. 재롱이의 모든 일상을 함께하고 살뜰히 챙겨주는 엄마. 누나들 몰래 고기 한 점, 사과 한 조각, 고구마 한 점을 떼어주며 둘만의 약속이라도 한 듯 눈을 마주치는 엄마. 테라스에 쉬와 똥을 싸고 온 재롱이에게 "재밌었어? 잘했어."라고 말해주는 엄마.

엄마의 세상에 재롱이가 들어와서, 재롱이의 세상에 엄마가 들어가서, 참 다행이다.

아빠와 재롱이

우리 아빠는 집에 있는 시간이 적다. 아침 일찍 나가서 밤늦게 돌아오기 때문에 사실 아빠에게 집에 있는 강아지 한 마리의 존재는 그리 크지 않을 것이라고 생각했다. 실제로도 내가 본 아빠와 재롱이가 함께 있는 모습은 출퇴근하는 아빠 곁을 쫄래쫄래 쫓아다니는 재롱이가 유일했으니. 그래서 아빠도 재롱이도 서로에게 관심이 없을 거라고 여겼다.

재롱이가 우리 집에 온 지 1년여가 지났을 때 명절이 되어 재롱이를 데리고 시골에 내려갔다. 재롱이는 풀밭에서 신이 나서 뛰어다녔고, 친척들은 그런 재롱이를 보고 함박웃음을 지으며 이런저런 얘기를 하고 있었다. 그러다 엄마가 재롱이는 항상 퇴근하는 아빠를 맞이한다는 말을 꺼냈다. 그때 말없이 있던 아빠가 입을 열었다.

"단 하루도 빠진 적이 없다. 무슨 일이 있어도 반, 드, 시! 예외가 없다.”

무뚝뚝한 사투리로 아빠가 자신 있게 말했다. 마치 '우리 아들은 항상 전교 1등 한다'와 같은 말을 하는 사람처럼 자랑스럽게. 처음으로 재롱이에 대한 아빠의 생각을 듣는 순간이었다. 놀랍고 신기했다.

그러고 보면 신기하게도 재롱이는 아빠를 정말 좋아했다. 아빠가 재롱이랑 먼저 놀아준 적도 없지만, 재롱이는 이 집에 온 순간부터 그냥 아빠를 따르고 좋아했다. 아침밥을 하는 엄마가 "아빠 깨워 와."라고 말하면 바로 안방으로 뛰어가서 아빠의 얼굴 가득 뽀뽀를 하며 잠을 깨우고, 아침밥을 먹는 아빠의 의자 밑에서 초롱초롱한 눈빛으로 기다리며 밥풀을 받아먹고, 출근하는 아빠를 따라 엘리베이터 앞까지 가 꼬리를 흔들며 배웅하고,

아침마다
아빠 깨우기 당번 재롱이.
말하지 않아도 통하는 둘 사이.

모두가 잠든 시간 어두운 집으로 들어오는 아빠를 폴짝폴짝 뛰며 홀로 반겨주었다. 단 하루도 거르지 않고. 우리가 모르는 사이 차곡차곡 쌓여간 아빠와 재롱이의 시간이었다.

지금도 아빠와 재롱이의 시간에는 변함이 없다. 아빠의 하루 시작과 마무리에는 항상 재롱이가 함께다. 그리고 무뚝뚝한 아빠는 아빠만의 방식으로 재롱이를 아끼고 예뻐해준다. 어떻게 아냐고? 재롱이를 바라보는 아빠의 눈빛을 보면 그냥 알 수 있다. 마음은 말로만 표현할 수 있는 게 아니니깐.

2장

우리 집 막내
재롱이

우리 집에는
먹보가 산다

재롱이는 우리 집에 온 첫날부터 정말 잘 먹었다. 가만 보면 먹는 걸 참 좋아했던 것 같다. 그래서 처음에는 분명 배운 대로 정량을 줬음에도 불구하고 계속 더 달라고 부엌을 떠나지 않는 재롱이를 보며, '밥을 너무 조금 줬나? 얘가 왜 이렇게 더 달라고 하지?'라고 생각하기도 했다.

고민하다가 알아보니 밥그릇에 밥을 넉넉히 두고 강아지가 먹고 싶은 만큼 먹게 두면 알아서 양을 조절한다는 얘기를 듣고 자율 배식도 시도해보았다. 결과는? 깔끔하게 실패했다. 재롱이는 정말 내일이 없다는 듯이 와구와구 먹고 나서 풍선처럼 부푼 배와 함께 또 먹을 것을 찾아다녔기 때문. 그런 재롱이를 보며 언니랑 이런 대화도 한 적이 있다.

"혹시 재롱이가 배부름을 못 느끼는 병에 걸린 건 아닐까?"

"헐… 그래서 항상 배고픈 건가. 그런데 그럼 너무 불쌍하

잖아, 우리 애기."

　그 후 재롱이와 또치의 집에 가서 목격하게 된 장면. 또치와 재롱이에게 나란히 한 그릇씩 밥을 주면, 재롱이는 최대한 자기 밥을 빨리 먹고 또치의 밥까지 뺏어 먹었다. 그러면 또치는 그저 뺏긴 채 가만히 있을 뿐. 또 간식이 든 통을 통째로 내밀었을 때, 또치는 오히려 그 통을 피하고 재롱이는 통 안에 얼굴을 집어넣고 미친 듯이 먹었다. 그냥 백재롱은 타의 추종을 불허하는 식욕과 식탐을 가진 강아지였다. 우리는 그렇게 생각하고 받아들이기로 했다.

　그리고 우리 가족은 재롱이가 우리 집에 온 날부터 지금 이

순간까지 지키는 규칙이 생겼다. 먹을 것을 절대 바닥이나 재롱이 키가 닿는 곳에 두면 안 된다는 생활 규칙.

재롱이 어디 있지?

엄마가 장을 보고 돌아온 날이었다. 엄마는 장바구니를 부엌에 내려놓고 내 방에 와서 수다를 떨고 있었다. 그러다 문득 든 생각, 재롱이 어디 있지? 우리 가족이 두 명 이상 모이면 반드시 옆에 와서 알짱거리는 쪼끄만 애가 없는 거다. 뭔가 느낌이 싸해서 나가보니 재롱이는 마침 부엌에서 거실로 나오고 있었다. 설마 부엌에서 문제를 저질렀나 싶어서 부리나케 가보았지만 아무 흔적도 없었다. 약간 아리송했지만, 물증이 없으니 나는 내 방으로 돌아오고 엄마는 저녁 준비를 시작했다. 그런데 얼마 지나지 않아 엄마가 뭔가를 들고 다시 내 방으로 들어왔다.

"이거 봐봐… 이게 뭘까?"

엄마가 들고 온 것은 랩이 씌워져 있는 빈 스티로폼 용기. 그런데 가운데 오백 원만한 크기의 구멍이 뚫려 있었다. 엄마는 장바구니에 빈 스티로폼이 있는 걸 발견했고 이게 무엇인지 의아

해서 가지고 온 것이었다. 엄마와 나는 같이 영수증을 확인했고,
우리는 한 가지 품목이 없는 걸 알아챘다. 바로 국거리용 소고
기. 그 스티로폼은 딱 국거리용 소고기가 포장된 크기의 스티로
폼이었다. 그런데 내용물이 하나도 없다는 건…?

'설마… 재롱이가…?'

마침 옆에서 꼬리를 흔들며 쳐다보고 있는 재롱이를 보니

사람용 케이크도 몰래 먹었던, 정말 식탐 많은 재롱이.

왠지 모르게 유독 신이 나 있었다. 그리고 이 강아지의 입가는 누가 봐도 생고기를 먹은 듯이 붉게 물들어 있었다. 그렇다. 재롱이는 아무도 없는 사이 엄마의 장바구니를 검사하며 소고기를 다 먹어치운 것이었다. 그 한 팩의 국거리용 소고기를 몽땅 다. 한 점의 흔적도 없이.

너무 많이 먹은 것 같아 걱정됐지만 한편으론 재롱이는 얼마나 신나고 행복했을까 싶다. 지나가다가 길에 떨어진 고기 한 덩이를 발견해서 그 누구의 제재도 받지 않고 냠냠 먹었으니, 재롱이 입장에서는 로또 당첨이 따로 없었을 거다. 그래, 어차피 지나간 일, 네가 행복했으니 됐다!

일단 입에 넣고 보자,
맛있을지도 모르잖아?

먹보 재롱이는 일단 입에 다 집어넣는다. 그래도 요즘은 냄새를 맡아가면서 자기가 먹을 만한 게 아닌 것 같으면 먹을 시도는 안하는데(물론, 카레같이 극단적으로 낯선 향이 날 경우에만), 어릴 때는 냄새고 뭐고 일단 다 입에 넣고 봤다. 그 때문에 잘못 먹어서 겪는 후유증도 부단히 겪으면서 성장했다.

재롱이는 우리 가족이 밥을 먹을 때 꼭 무릎 위에 올라오려고 한다. 식탁 상황을 살펴봐야 해서 그런 건지, 밥풀 하나라도 빨리 얻어먹으려고 그런 건지. 아무튼 그날도 재롱이는 내 무릎 위에 올라와 있었고 그날의 메뉴는 제육볶음이었다. 엄마가 내 몫으로 앞접시에 제육볶음을 덜어주었고, 나는 의자에 앉은 채로 뒤돌아서 엄마에게 뭔가를 달라고 하고 있었다. 그 찰나였다. 진짜 2초가량 되는 그 찰나에 재롱이는 제육볶음을 와구와구 먹어버렸다. 화들짝 놀라서 재롱이를 번쩍 들었지만 이미 새빨개

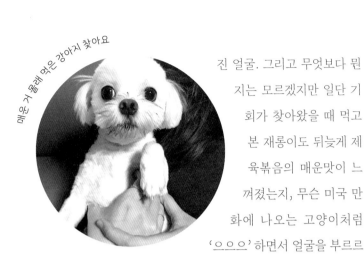

진 얼굴. 그리고 무엇보다 뭔지는 모르겠지만 일단 기회가 찾아왔을 때 먹고 본 재롱이도 뒤늦게 제육볶음의 매운맛이 느껴졌는지, 무슨 미국 만화에 나오는 고양이처럼 '으으으' 하면서 얼굴을 부르르 털었다. 그래, 그게 매운맛이다. 으이구.

결국 난 "강아지가 제육볶음을 먹었는데요…"라고 병원에 전화를 했고 수의사 선생님의 조언에 따라 종일 재롱이의 상태와 배변을 확인하며 보냈다. 결국 탈 없이 지나가서 다행이지만, 생애 처음으로 매운맛을 본 재롱이였다.

그리고 몇 개월 뒤, 김장철이 되었다. 그해의 김장철에는 엄마 친구분들이 우리 집에 와서 함께 김장을 했는데, 김장하는 동안 먼지 날리면 안 된다고 해서 우리는 재롱이와 함께 밖으로 쫓겨났다. 김장이 끝나고 들어오라는 엄마의 전화에 집에 돌아왔고, 김치는 김치통에 들어가 있었지만 아직 정리 못 한 김칫소가 큰 대야에 조금 남아 있었다. 하지만 우린 설마 재롱이가 김치를 먹을 거라는 생각은 못 했기에 바닥에 놓여 있는 대야를 치울 생각을 하지 못했고, 그렇게 우리의 예상을 뛰어넘는 재롱이는 역시나 사고를 쳤다.

잠시 한눈을 판 사이 재롱이는 김칫소에 얼굴을 파묻고 와구와구 입에 넣어 삼키려고 노력하고 있었다. 맛은 잘 모르겠지만 몰래 먹는 거니깐 일단 빨리 삼키는 게 목적인 것처럼. 다행히 얼른 들어 올린 탓에 많이 먹지는 못했다. 물론, 또다시 "강아지가 김장 김치를 먹었는데요…"라고 병원에 전화해야 했지만. 다행히 그날 밤 물만 두세 바가지 마시고 끝난 재롱이의 김치 사건이었다.

✿✿✿
재롱이와 떠났던 여름휴가. 재롱이 코가 반짝반짝 빛나는 보석 같다.

눈도 헤치고 나가는 깜찍한 개코

어느 겨울 눈이 펑펑 내린 날이었다. 눈이 정말 '펑펑펑펑' 내리더니 딱 눈놀이하기 좋고, 눈사람 만들기 좋은 폭신한 눈이 소복이 쌓이기 시작했다. 나는 재롱이랑 눈놀이를 하러 가기 위해 함께 중무장을 하고 아파트 놀이터로 나왔다. 아파트 놀이터에는 그새 각양각색의 눈사람들이 만들어져 있었는데, 그중에는 〈겨울왕국〉 올라프를 똑 닮은 눈사람도 있었다.

'우와. 언제 나와서 만들었지. 엄청 빠르다.' 생각하며 올라프 눈사람 옆에서 재롱이 사진을 찍는데 재롱이가 유독 올라프의 단추에 관심을 많이 가졌다. 재롱이는 한참을 킁킁거리며 냄새를 맡더니 갑자기 단추를 한입에 '와앙' 먹어버렸다. 나는 "악! 안 돼! 재롱아!" 하고 서둘러 재롱이 입에서 단추를 빼냈는데, 그 단추는 그냥 단추가 아니라 오레오 과자였다.

역시 백재롱. 그냥 지나칠 리가 없지. 올라프 눈사람을 뒤로

한 채 길을 걷는데 재롱이가 또 갑자기 눈 속을 파헤치며 뭔가를 '와앙' 먹었다. 떨어져 있는 오레오였다. 아마 올라프 눈사람을 만든 사람이 떨어트린 것 같았다.

아니 도대체 이런 건 어떻게 잘 발견하는 거야? 아무튼 개코 는 개코다 정말. 깜찍한 개코.

눈사람한테 맛있는 냄새가...!

세상의 모든 걸 다 먹고 싶다 냠냠

사실 재롱이가 '먹는 거'만 먹는다면 아무 문제가 없다. 먹으면 안 되는 것을 너무 먹어서 걱정이 컸다. 어린 강아지들이 다 그렇 듯이, 재롱이는 뭐든 씹고 물어뜯는 걸 참 좋아했다.

재롱이가 좋아하는, '먹으면 안 되는 먹는 거' 첫 번째. 우리 집 이불과 베개 모서리.

재롱이는 심심하면 침대에 올라가 이불을 두 손으로 딱 모 으고 엎드려 자리를 잡고 야금야금 모서리를 씹어 먹었다. 베개 도 마찬가지다. 못 하게 해도 자는 사이에 물어뜯어 놓는다. 그 런데 우리 엄마는 유독 물어뜯어진 침구류를 가만히 못 두고 보 는 타입이라, 재롱이가 뜯어놓으면 부지런히 다시 꿰매고 그러 면 재롱이가 다시 뜯고 그러면 엄마는 다시 꿰매놓다가 결국 새 이불을 사 오는 과정을 반복했다. 오죽하면 이불집 아주머니가 "아니, 이불을 왜 이렇게 자주 사세요?"라고 엄마에게 물었을 정도니. 하지만 그러던 엄마도 어느 순간 포기를 해버렸고, 결국 한동안 우리 집 이불과 베개는 모서리가 없었다. 네 군데 모두. 어쩌면 재롱이와 함께하는 시간에 가장 많이 쓴 비용이 이불값일지도 모른다.

재롱이가 좋아하는, '먹으면 안 되는 먹는 거' 두 번째는 잠옷이다.

우리 집 사람들은 잠옷을 침대 위에 벗어둔다. 하지만 재롱이가 집에 오고 난 후부터 아무 문제 없었던 이 행동은 문제가 되기 시작했다. 우선, 외출할 때 침대 위에 벗어놓고 나간 잠옷은 외출 후에 구멍이 숭숭 뚫려 있는 게 기본이 되었다. 처음에는 "어? 이거 뭐야?" 하면서 살짝 뜯어진 소매를 발견했고, 어느 날은 목이 둥근 티셔츠가 브이넥이 된 것을 발견했고, 어느 순간부터는 혼자서는 발견 못 하고 서로 찾아주지 않으면 모른 채 입고 다니는 상황이 되었다. 등, 엉덩이, 허벅지 뒤. 뭐 이런 잘 안 보이는 곳에 작게 난 이빨 자국 또는 뻥 뚫린 구멍들. 그래서 우리 가족은 지금도 구멍 뚫린 잠옷을 입고 잔다. 뭐랄까. 백재롱 인증 잠옷 표시랄까.

그리고 재롱이가 좋아하는 '먹으면 안 되는 먹는 거' 세 번째, 방바닥에 놓여 있는 모든 것이다.

재롱이는 언니의 비싼 가방이 바닥에 놓여 있을 때, 자기 앉은키와 동일한 그 가방 옆에 앉아서 야금야금 귀퉁이를 씹어 먹는다. 재롱이를 혼내지도 못하고 가방을 끌어안고 쓰러지는 언니는 덤. 아빠의 정장 바지가 바닥에 놓여 있을 때, 재롱이는 벨트를 거는 고리들을 다 씹어 먹는다. 다음 날, 벨트를 매는데 툭 떨어지는 걸 보고 당황하는 아빠는 덤. 내 가방이 바닥에 놓여 있을 때, 재롱이는 가방을 뒤져서 내 립스틱을 맛있게 씹어 먹는다. 새빨갛게 물든 재롱이의 입 주변은 덤.

세상의 모든 것이 궁금하고, 궁금하면 입에 다 집어넣는 호기심 대마왕 백재롱이다.

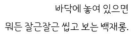

바닥에 놓여 있으면
뭐든 잘근잘근 씹고 보는 백재롱.

✿ ✿ ✿
말린 나물 몰래 먹다 걸린 재롱이.
왠지 자기도 잘못한 걸 아는 표정이다.

의사소통 방법

웬만해선 잘 짖지 않는 재롱이는 조금 특이하게 자기 의사를 전달한다. 우선, 자기 마음에 들지 않는 행동을 하면 그냥 무시하거나 자리를 피해버리고, 자기가 원하는 것이 있으면 그 물건이나 장소 앞에 멀뚱히 앉아 있는다.

예를 들면, 목이 마른 데 재롱이 물그릇에 물이 다 떨어지고 없는 상황. 그럼 재롱이는 물그릇을 등지고 앉아서 가족들이 있는 곳을 하염없이 쳐다보고 있거나 물소리가 나는 곳(어항 또는 물이 한 방울씩 떨어지고 있는 욕조) 앞에 앉아서 우리를 빤히 쳐다본다. 한마디 말도 없이 말이다. 또는 쉬가 마려워서 화장실에 가야 하는데 화장실 문이 닫혀 있는 상황. 그럼 재롱이는 화장실 문 앞 발매트 위에 털썩 앉아서 우리를 지그시 쳐다본다. 그러다가 너무 오랫동안 아무도 눈치를 못 채면, 그제야 '킁킁' 콧소리를 내거나 입을 다문 채로 입안에서 '웅…!' 하는 소리를 낸다.

짖긴 짖는데 입을 다물고 짖는 느낌이랄까.

　한번은 이런 일도 있었다. 침대에 누워 있는데 문 쪽에서 '킁킁' 하는 소리가 들려 무슨 일인가 하고 일어나봤더니, 재롱이가 마치 드레스를 입은 것처럼 넥카라에 얼굴과 한쪽 팔이 낀 채로 문 앞에 앉아 있었다. 정말 웃기고 귀여운 모양새였다. 자기도 어쩌다 이렇게 되는지 모르겠지만 불편하니깐 해결해줄 수 있는 사람을 찾아와서 도움을 청하고 있는 것이었다. '누나, 나 도와줘.'라고 얼마나 또박또박 눈빛을 보내던지.

　이럴 때는 우리 강아지가 얼마나 말을 잘하는지 세상 사람들에게 다 보여주고 싶은 마음이다, 정말.

강아지도 진짜
삐질 줄 안다고요

재롱이는 옷장을 좋아한다. 옷장은 가족의 냄새가 가득 배어 있
는 아늑한 공간이라 유독 편하게 느끼는 것 같다. 옷장 안에서
잠을 자기도 하고, 천둥이 칠 때는 옷장으로 피신을 가기도 하고,
좋아하는 장난감을 옷장 안에 모아두기도 한다. 이렇게 재롱이
가 옷장을 좋아하다 보니 우리 집은 방마다 옷장 문을 조금씩 열
어두고 생활을 했다. 재롱이가 들어갔다 나왔다 할 수 있도록.

　하루는 엄마랑 남동생이랑 야식으로 치킨을 시켜 먹고 있었
다. 그런데 문득 든 생각. 재롱이가 조용했다. 원래 가족들이 식
탁에 둘러앉아 뭔가를 먹고 있을 때는 꼭 옆에 붙어서 자신의 존
재감을 뽐내는 강아지인데 이날은 어디서 꿀잠을 자고 있는지,
장난감을 열정적으로 가지고 놀고 있는지, 아무튼 조용했다. 치
킨을 다 먹고 난 뒤에도 재롱이가 보이질 않자 찾으러 다녔는데
아무 데에도 없었다. 한참을 방방 구석구석 "재롱아! 재롱아!"

나 삐졌어. 온몸으로 티 내는 강아지.

부르며 찾다 보니, 옷장 근처에서 아주 작게 "끙⋯" 하는 소리가
한 번 들렸다. 설마 이 옷장에? 옷장 문을 여니 재롱이가 꼬리를
흔들며 빠져나왔다.

　재롱이가 옷장에 들어가 있는 줄도 모르고 옷장 문을 닫고
방을 나왔던 것이다. 그리고 정말 웃기게도 재롱이는 옷장에서
나와서 멀리 뛰어가거나 식탁을 확인하러 가지도 않고, 자기 전
용 방석에 털썩 앉았다. 그리고는 나를 흰자가 가득 보이게 쳐
다보는데⋯ '강아지가 이럴 수 있나?' 싶을 정도로 재롱이는 완
전히 삐져 있었다. 원래도 털로 빵빵한 볼이지만 왠지 모르게 양

볼이 퉁퉁 부어 있는 느낌에 심지어 눈가에 눈물도 맺혀 있었다.

너무너무 미안한 와중에 그 눈빛이 얼마나 귀엽고 웃기던지. 미치도록 귀여운 이 강아지의 똑 부러지는 감정 표현을 다들 봐야 하는데! 미처 사진으로도, 영상으로도 남기지 못해 정말 아쉬운 에피소드였다.

강아지도 진짜 삐질 줄 안다고요.

집 지키는
하룻강아지

재롱이는 낯선 사람이 우리 집에 들어와도 잘 짖지 않는다. 낯선 사람이 우리 집에 들어올 일이 딱히 많지도 않지만 한 번씩 그럴 때도 우리 가족이 문을 열어주고 같이 들어오기 때문에 괜찮다고 생각하는 것 같다.

　한 겨울날이었다. 거실에서 엄마와 재롱이가 누워서 뒹굴고 있는데 갑자기 재롱이가 현관문을 향해 우렁차게 "월월!!! 월월!!!" 짖었다. 깜짝 놀라 쳐다보니 현관에는 시꺼먼 옷을 입은 사람이 검은 모자와 마스크를 쓴 채 서 있었고 재롱이는 그 시꺼먼 사람을 향해 세상 큰 소리

우리 집을 지키는 산신령 강아지를 소개합니다!

로 우렁차게 짖고 있었다. 태어나서 처음 들어보는 크기의 재롱이 목소리였다.

아니 이 사람 도둑이야 뭐야. 어떻게 들어온 거야. 나도 너무 놀라 심장이 쿵 내려앉았다. 그리고 알게 된 그 사람의 정체는 바로 나의 남동생. 동생보다 먼저 귀가한 아빠가 현관문을 끝까지 다 닫지 않은 채로 집에 들어왔고, 잠시 후 집에 온 동생은 열려 있는 현관문을 슥 열어 현관에 들어선 것이다. 마침 동생은 시꺼면 바지에 시꺼면 패딩에 시꺼면 마스크에 시꺼면 모자를 쓰고 있었다. 재롱이 입장에서는 도어 록 누르는 소리도 초인종 소리도 들리지 않았는데 저런 시꺼면 사람이 들어오니 당연히 놀랄 수밖에 없는 일이었다.

계속되는 재롱이의 우렁찬 짖음에 내 동생은 주춤거리며 마스크를 벗고 "재롱아, 나… 나야…"라고 신원을 밝혔다. 재롱이는 그제야 '어라?' 하며 동생임을 알아차리고 꼬리를 흔들며 반겨주었다. 우리는 처음 보는 재롱이의 개다운 모습(?)에 놀라면서도 뿌듯했는데, 나중에 듣기로 동생은 엄청 서운했다고 한다.

그나저나 재롱이는 그저 까불고 놀 줄만 아는 하룻강아지인 줄 알았는데, 이렇게 돌발 상황이 닥치니 경계하고 집을 보호할 줄도 알고 참 기특했다. 쪼끄만 우리 강아지가 조금은 커 보이고 든든해 보였다. 백재롱, 멋진데?

미용 실패의 나날들

재롱이가 항상 지금과 같은 미용 스타일을 고수한 것은 아니다. 처음 미용을 할 땐 강아지 미용이 뭔지도 모르는데 배냇 미용을 해야 된다기에 근처 미용샵에 가서 맡겼다. "배냇 미용해주세요." 한 마디와 함께. 그리고 몇 시간 뒤 마주한 재롱이의 모습은 약간 당황스러웠다. 복슬복슬한 하얀 강아지가 갑자기 180도 바뀌어 생닭 스타일에 펑키함을 열 방울 정도 넣은 느낌의 강아지로 변모해 왔기 때문. 엄마도 보자마자 "어우 뭐야~ 이상해!" 라고 말했을 정도였다. 참 낯선 모습이었다.

그 이후로 재롱이는 다양한 스타일을 거쳐오다가 지금의 스타일에 정착하게 되었다. 유튜브나 인스타그램을 통해 재롱이는 어떤 미용을 하냐며 베이비컷인지 알머리컷인지 등등을 많이 물어봐 주시는데, 사실 그런 건 딱히 없다. 그저 수많은 시행착오를 거치면서 만들어왔을 뿐.

"볼털은 동그랗게 해주시구요. 귀는 짧게요. 머리털이 너무 길면 정수리 백과사전이 빨리 펼쳐지니 너무 길지 않게 해주세요. 아! 속눈썹은 자르지 말아주시구요."

일명 '재롱컷'이다.

이제는 집에서 셀프 미용도 한다.
가지런히 모은 재롱 손.

〔 재롱이 미용 변천사 〕

동물병원 가는 길

재롱이가 우리 집에 오고 난 뒤 꼬박 8년 동안 다닌 동네 동물병원이 있다. 걸어서 약 15분이면 갈 수 있는 곳인데 재롱이랑 걸어가다 보면, 가는 길에 쉬도 싸고 똥도 싸고 냄새도 맡고 은행, 이불 가게, 정육점, 핸드폰 대리점, 다이소 등 건물이란 건물은 하나씩 다 구경하고 들여다보면서 가다 보니 15분보다 한참 더 걸려서 간다.

생각해보면 재롱이가 2살까지는 그저 앞만 보며 병원까지 한 번에 쭉 걸어갔던 것 같다. 그런데 재롱이가 3살이 되던 즈음 그날도 여느 때처럼 병원에 걸어가고 있었는데, 병원 도착하기 한 30미터 전이었을까 갑자기 재롱이가 우뚝 멈춰 서더니 꿈쩍도 안 하는 것이다. 나는 앞으로 가자고 리드줄을 당겼지만, 재롱이는 한 5초 가만히 있더니 갑자기 뒤로 돌아서서 걸어온 방향으로 미친 듯이 뛰어갔다. 누가 보면 내가 주인이 아닌 것처럼

여기 아는 길인데...

보일 정도로. 나는 "아니 쟤가 왜 저래!!" 하면서 뛰어가서 재롱이를 붙잡아왔다.

그때부터였던 것 같다. 재롱이가 병원 가는 길을 인지하기 시작한 것이. 그 이후부터 병원 가는 길은 점점 길어져 갔다. 병원 30미터 전부터 안 가겠다고 하던 것이 50미터 전, 교차로 건

너기 전으로 늘어나더니, 나중에는 집에서 나와 병원 방향으로 한 3분 걸으면 안 가겠다고 길바닥에 주저앉아버리곤 했다. 그렇게 15분 걸리던 길이 20분, 30분, 40분이 더 걸려서 갈 수 있는 길이 되었다.

한여름에는 이렇게 안 간다고 뻗대는 재롱이를 안고 병원에 도착하면 난 이미 땀범벅이 되어 있다. 병원 안에선 내가 제일 덥고 힘들어 보인다. 하지만 땀은 땀이고, 재롱이의 그 뻗댐은 아직도 가족들과 함께 이야기하며 정말 못 말리는 강아지라고 웃음 짓게 하는 일화로 남았다. 하긴 세상에 태어난 지 8년이면 사람은 초등학교도 입학하는데, 매달 가는 길도 모르면 강아지 체면이 말이 아니지.

똑똑한 우리 재롱이, 초등학교 입학해도 되겠다!

재롱이의 하루 일과

우리 집 거실 베란다 창은 커다란 이중창으로 창 아랫부분에 사람도 걸터앉을 수 있을 만큼 널찍한 공간이 있다. 재롱이는 아주 어렸을 때부터 그곳에서 창밖을 내다보는 것을 좋아했다. 아무것도 안 보이는 깜깜한 밤이든 쨍쨍한 낮이든 상관없이.

재롱이는 어려서 키가 닿지 않을 때도 두 발로 벌떡 서서 간신히 코끝만 닿은 채로 한참 동안 밖을 쳐다보고 있곤 했다. 조금 키가 자라난 이후로는 창틀에 앉아 멀찍이 바라보기도 하고, 햇살 냄새, 바람 냄새를 맡는 게 재롱이의 하루 일과가 되었다. 아침에 한 번, 낮에 한 번, 저녁에 한 번, 재롱이는 창문을 열어달라고 눈짓했고 창문을 열어주면 그렇게 긴 시간도 아니고 딱 10분쯤 앉아서 자기 시간을 가지고 내려왔다. 뭐 하고 있나 옆에서 몰래 보면 어떨 때는 이런저런 생각을 하는 것 같기도 하고, 어떨 때는 멍 때리는 것 같기도 했다. 어딜 보는 건지 말똥말똥

바람 냄새...

한 눈망울과 씰룩씰룩 움직이는 촉촉한 코가 참 귀여웠다.

    하지만 지금은 새로운 집으로 이사를 와서 오랜 시간 지켜온 재롱이만의 일상이, 재롱이만의 장소가 없어졌다. 혹시 재롱이가 창틀에서 지내던 그 시간들을 기억하는지 모르겠다. 솔직한 마음으로는 차라리 생각이 나지 않았으면 좋겠다. 나 역시도 그 시간과 장소가 없어진 것이 서운하고 미안하니깐.

우리 이제
그만 집에 가자

재롱이가 9살이 되던 해, 우리 집은 이사를 하게 되었다. 그것도 아파트에서 주택으로. 아빠의 결정으로 갑자기 가게 된 것이라 걱정이 많았다. 사실 사람이야 어떻게든 적응하는데, 평생 이 집에서만 산 재롱이가 새로운 집에 적응을 할 수 있을지 그게 가장 큰 걱정이었다. 특히나 아파트도 아니고 복층으로 된 주택이었기에 갑자기 바뀐 주거 환경에 재롱이가 너무 스트레스를 받을 것 같았다. 재롱이에게 이사라는 개념을 설명해줄 수 없다는 것이 어찌나 애가 타고 속상하던지.

이삿날이 되었고 새집에 온 첫날 재롱이는 이곳저곳 냄새를 맡으며 집 구경을 하다가 내 방에서 잠이 들었다. 생각보단 잘 있었다. 익숙한 세간살이들이 늘어져 있고 가족들이 부산해 보이니 재롱이도 덩달아 바빠 보였다. 그리고 새집에 온 지 사흘째 되던 날, 재롱이는 좀 피곤해 보였다. 비유하자면 2박 3일 수학

여행을 와 있는 피곤함이랄까?

'우리 다 같이 새로운 데 놀러 왔네! 그런데 집은 언제 가?'

싫지는 않지만 마치 궁금증을 품고 있는 피곤함 같았다. 그리고 새집에 온 지 2주째가 된 어느 날, 재롱이는 나에게 와서 말했다.

'누나, 우리 집에는 언제 가?'

눈빛으로 말하는 재롱이.

얼굴로 단호하게 말하고 있었다. 2주간의 긴 유럽 여행을 하고 있는 강아지가 나 이제 그만 집에 가고 싶은데 언제 집에 가냐고 한 글자 한 글자 또박또박 물어보는 것 같았다.

나는 속상해서 눈물이 났다. 이 상황을 어떻게 설명할 수가 없어서.

'재롱아, 정말 너무 미안해. 누나도 예전 집이 그리워. 우리 그래도 이 집에 잘 적응해서 즐겁게 살아보자. 누나가 더 잘할 게. 우리 함께 있으면 어디든 좋을 거야, 그렇지?'

고마운 고양이

주택으로 이사를 오고 난 뒤의 변화 중 하나는 집 주변에 동물 친구들이 많아졌다는 거다. 특히, 고양이들. 이 동네에는 고양이가 많은데, 대표적으로 제일 살이 오른 뚱냥이, 조금 무섭게 생긴 회색냥이, 노란빛 치즈냥이가 있다. 그리고 이 고양이들은 우리 집 뒷문을 열면 있는 텃밭을 수시로 순찰했다. 앞서 말했지만, 우리 가족들은 동물을 무서워한다. 예외는 오직 재롱이뿐. 그래서 낯선 고양이들이 무서운 우리는 적당히 거리를 두면서 하루하루를 보내고 있었다.

그러던 어느 날, 거실을 지나치던 엄마가 뒷문 너머로 우리 집 쪽을 쳐다보고 있는 치즈냥이를 발견했다.

"어머, 쟤 또 저기 있네."

한마디 내뱉고 무심히 지나치려는데 그 옆에 한 번도 보지 못한 새하얀 고양이가 있더란다. 치즈냥이가 빤히 바라보고 있는 하얀 고양이.

"또 새로운 고양이가 왔나 보네…"

하얀 고양이가 신기해서 자세히 보려고 가까이 다가간 순간 엄마는 알아챘다. 그 하얀 고양이는 재롱이란 것을. 엄마는 깜짝 놀라서 부리나케 나가 재롱이를 데리고 들어왔다. 알고 보니 텃밭에 나가려고 문을 연 그 찰나에 재롱이가 쏜살같이 나간 것이었다.

나는 나중에 이 이야기를 전해 들었는데, 이날 어쩌면 재롱이를 잃어버릴 수도 있었다고 생각하니 심장이 쿵 내려앉았다. 그 심각하지만 참 다행인 이야기를 듣는 와중에 아무렇지 않게 나를 쳐다보고 있는 이 천방지축 못 말리는 강아지는 내 마음을 알까.

아무튼 갑자기 나타난 하얀 강아지를 빤히 쳐다봐 주던 치즈냥이에게는 지금도 항상 감사하게 생각한다.

치즈냥이야, 앞으로도 우리 집 자주 순찰해줘!

[뒤뜰에서 노는 재롱]

✿ ✿ ✿

뒤뜰에서 신나게 뛰어노는 재롱이.
주택으로 이사 오고 가장 좋은 점이다.

성실한
강아지의 휴가

집에서의 재롱이는 나름 하루 시간표가 정해져 있다. 엄마가 일어나는 시간에 일어나서, 아빠가 일어날 시간에 아빠를 깨우고, 아침밥을 먹고, 아빠 배웅하고, 누나들이랑 형아 깨워서 등교시키고 나면 창가에 앉아서 햇살 맞으며 바람 한 번 쐬고, 엄마가 외출하면 장난감 좀 가지고 놀다가 누나들 옷 좀 몰래 뜯어먹고, 그리고선 낮잠 자고… 뭐 이렇게 이어지는 나름 세세한 하루 시간표. 하지만 시골에 가면 이런 재롱이의 하루 시간표가 다 무용지물이 된다. 아무래도 새로운 환경에 신이 난 만큼 거의 일주일치 에너지를 싹 끌어와서 한 번에 사용하는 것 같다. 왜냐하면 시골에 간 2박 3일간은 어디 앉아 있지도 않고 낮잠도 안 자고 심지어 밤에 야간 순찰을 서느라 잠도 제대로 안 자기 때문이다.

그 여파는 마지막 날 여실히 드러나는데, 그날도 2박 3일 내내 낮에는 조금도 안 쉬고 빨빨거리고 돌아다니고 밤에는 한 시간에 한 번씩 깨서 잠든 사람들을 밟고 다니며 밖에 나가겠다고 끙끙거리다가 맞이한 마지막 날이었다. 점심을 먹고 나서 어른들은 밖에서 이야기하고 있고 사촌들끼리 방에서 모여 있는데, 재롱이가 그 가운데로 들어오더니 언니에게 안겼다. 그리고 그대로 눈을 감았다. 아, 잠이 들었다는 거다. 그런데 1초 만에 어찌나 깊이 잠이 들었는지 옆에서 아무리 불러도, 붙잡고 흔들어도 꼼짝도 안 할 정도로 영락없이 기절한 모습이었다. 규칙적으로 살던 강아지가 열정적인 휴가를 보내고 난 모습이랄까. 얼마나 귀엽고 웃긴 줄 모른다.

그리고 집에 돌아온 다음 날, 무슨 일이 있었냐는 것처럼 바로 하루 시간표가 재시작된다. 가만 보면 굉장히 성실한 강아지, 백재롱이다.

새벽까지 놀다가 낮에 뻗은 재롱이.
아무리 만져도 절대 깨지 않는다.

난 시골이 좋아

재롱이는 기본적으로 성향이 천방지축 엉뚱발랄한 강아지인데 시골에 가면 그 기질이 극대화된다. 우리 시골집은 전라북도 남원의 산 중턱에 있는데 마당이 넓고 주변에 다른 집도 없어서 재롱이가 자유롭게 뛰어놀기 좋게 되어 있다. 그래서 '여기서만큼은 네 마음대로 하고 놀아라' 하고 풀어놓는데, 정말 상상 이상으로 마음대로 논다.

일단, 먹보 재롱이는 시골에서 처음 맡아보는 냄새들에 신이 나서 이것저것 다 입에 넣느라 바쁘다. 그래서 언니랑 나는 재롱이를 쫓아다니면서 "안 돼! 재롱아!" 소리 지르고 그게 뭐든지 일단 입에서 빼내는 게 일이다. 그런데도 재롱이는 에너지도 넘치고 호기심도 넘쳐서 어떻게 저기까지 갔나 싶을 정도로 구석구석 돌아다닌다. 자기가 가고 싶은 곳에는 반드시 가서 발도장을 찍어야만 직성이 풀리는 성격인가 보다.

 이날도 재롱이는 어딘가에서 잘 놀고 있겠거니 하고, 가족
들끼리 모여서 밥을 먹고 있는데 갑자기 느낌이 묘했다. 평상시
에도 어디선가 놀고 있어서 잘 안 보이긴 하지만, 왠지 먹으면
안 되는 것을 허겁지겁 먹고 있는 것 같을 때 느껴지는 그 묘한
기운. 아니나 다를까 재롱이는 아무리 불러도 나타나지 않았고,
친척들을 비롯해 모든 가족들이 재롱이를 찾아 나섰다.
 재롱이를 발견한 곳은 집 뒤편의 간이 아궁이. 재롱이는 전
날 불을 피운 아궁이에 몸을 반쯤 집어넣고 무언가를 전투적으
로 먹고 있었다. 자기를 부르는 목소리가 가까워질수록 더 급하

게 먹을 뿐 절대 멈추지 않았다. 그런 재롱이를 재빨리 들어 올리니 재롱이의 얼굴이며, 발이며 온통 숯검댕이가 되어 있었다. 아궁이에는 전날 구워 먹고 남은 고구마와 감자가 남아 있었고, 재롱이는 그 냄새를 맡고 잿더미를 파헤치며 고구마, 감자를 찾아 먹고 있었던 것이다.

숯검댕이가 되었는데 눈빛은 얼마나 초롱초롱하고 해맑던지. 가족들은 숯검댕이가 된 상태로 붙잡혀온 재롱이를 보고 모두 웃음을 터뜨렸고 아쉬운 듯 여전히 입맛을 다시던 재롱이는 영문을 모르겠다는 표정으로 사람들을 올려다보았다. 귀여운 꼬

꼬질꼬질 숯검댕이 재롱이.

씻겨지는 중…

마 깜둥이처럼. 문제는 이 깜둥이를 씻기는 일이었다. 2박 3일 시골에 오는데 강아지 샴푸를 가져왔을 리가 만무했고, 수돗가에서 물로 빡빡 씻겨보았지만 쟤는 털에 딱 달라붙어 잘 지워지지 않았다. 결국 재롱이는 그렇게 흐릿한 잿빛 수염을 단 채로 시골에서의 날들을 마저 보냈다.

그리고 그날 찍은 사진들이 훗날 사람들에게 알려질 줄 누가 알았을까.

✿ ✿ ✿
어떻게 재가 이렇게 묻을 수 있을까?
그 덕에 재롱이가 알려지다니 알 수 없는 일이다.

3장

재롱 잔치가
열리다

소속사
잘못 만난 강아지

재롱이는 정말 잘생겼다. 사실 강아지를 키우기 전에는 생김새를 구별하는 눈이 없었다. 말티즈는 말티즈, 푸들은 푸들, 그 정도만 구분할 뿐. 하지만 재롱이는 강아지를 처음 키워보는 내가 봐도 정말 예쁘게 생겼다. 동그랗게 잘 빚어진 두상, 똘망똘망한 눈과 새초롬하게 난 속눈썹, 또렷한 11자 모양의 콧구멍과 단추 같은 코, 입매는 또 어쩜 그렇게 예쁜지. 조화가 극치에 달한 얼굴이다.

우리 가족은, 특히 언니와 나는 늘 재롱이의 미모를 예찬하면서 살았다. 아니, 정말로 우리 집 강아지여서가 아니라 우리 재롱이는 객관적으로 예쁘다고. 연예인으로 치면 김태희가 우리 집에 살고 있는데, 이 미모를 널리 알려야 되는데, 재야에 묻혀 있는 게 안타깝다고 말하곤 했다. 소속사를 잘못 만나서 이렇게 산다며, '좋은 소속사 만났으면 스타가 됐을 강아지인데.'라는

세상 사람들, 여기 재롱이 미모 좀 보고 가세요 🖤

우스갯소리도 하면서 말이다.

　하지만 당연히 상상도 못 했다. 뜻밖의 일과 함께 그날이 찾
아올 줄은.

언니의 웨딩 사진

재롱이와 함께 산 지 7년이 되었다. 그리고 재롱이를 우리 집에 데려다준 그 남자친구와 언니가 결혼을 한다. 재롱이가 보고 싶어서 언니와 헤어질 수 없다는 그 남자친구는 나의 형부가 된다. 참 신기한 인연이다.

언니와 예비 형부가 걸어온 시간에 빼놓을 수 없는 재롱이, 또치가 함께 웨딩 사진을 찍기로 했다. 촬영 사흘 전, 언니는 평소에 재롱이가 다니던 미용실에 재롱이를 맡기면서 며칠 뒤 촬영이 있으니 잘 부탁한다며 특별히 실장님께 미용을 요청하고 왔다고 한다. 이번에는 유명한 미용실에 맡길까도 생각했지만 자기 욕심에 재롱이가 낯선 환경에서 스트레스받는 건 싫다며 내린 결정이었다. 하지만 결과는 평소보다 못한 미용 상태. 이상하게도 예쁨은 고사하고 삐뚤빼뚤 이곳저곳 가윗밥이 난 상태가 되어 있었다. 언니가 재롱이를 미용실에 맡기고 데려오는 것은 엄마가 하였는데, 퇴근하고 돌아온 언니는 재롱이를 보고 폭발했다.

사실 평소 같으면 열을 낼 일도 아니었다. 평소의 언니라면 재롱이 미용이 아쉽게 되어도 '괜찮아. 또 기르는데 뭐.' 할 테지만, 당시의 언니에겐 웨딩 촬영은 생애 한 번뿐인 일이기에 의미가 매우 컸다. 결혼을 준비하면서 모든 것은 한 번뿐이니 망쳐선 안 된다며 만전을 기하던 언니는 화가 난 정도가 아니라 화가 끓어올라서 넘쳐버렸다. 당시 나는 집에 없어서 언니의 반응을 실

또치와 재롱이.
털이 어떻든 사랑스럽기만 한 강아지들.

시간으로 볼 수 없었는데, 나중에 엄마에게 들은 말을 빌리자면 '다이너마이트를 찾는 킹콩이 우리 집에 있었다'는…. 사실 언니가 흥분을 잘하는 편이긴 하다.

　다이너마이트를 찾던 언니는 그 와중에 객관적인 평가를 수집해 그것을 바탕으로 정당한 클레임을 하겠다고 하였고, 그 방법으로 선택한 것은 사람들이 많이 보는 인터넷 사이트에 글을 올리는 것이었다. 언니는 '우리 강아지 미용 상태 좀 봐주세요' 라는 제목을 달고 재롱이 사진과 함께 글을 썼다. 언니의 글은 생각보다 많은 사람들이 봤고 수십 개의 댓글이 달렸다. 댓글의 주된 내용은 '미용이 잘 안된 것은 맞지만 그게 보이지 않을 정도로 강아지가 예쁘고 귀여우니 너무 속상해하지 말고 웨딩 촬영 잘해라'였다. 언니는 금세 화가 누그러졌다. 그래, 우리 재롱이는 뭘 해도 예쁘니깐.

　화가 풀린 언니는 사람들의 반응에 보답하고자 감사하다며 추가 글을 올렸고, 그 글에 평소 재롱이의 사진 여러 장도 함께 올렸다. 재롱이 얼굴이 숯검댕이가 된 그 사진도 같이.

인터넷에 재롱이 사진이
자꾸 돌아다녀

어느 날 인터넷에서 재롱이의 숯검댕이 사진을 발견했다. '감자 있나요'라는 문구와 함께 재롱이의 사진이 일종의 드립으로 사용되고 있었다. 이걸 처음 발견했을 때는 재롱이 사진이 '불펌' 되어 개그 소재로 사용되는 것이 불편했다. 그런데 몇 주일이 지나면서 점점 발견되는 횟수가 많아졌고, 결국에는 '공사장 강아지'라는 명칭과 함께 모든 커뮤니티에 재롱이 사진이 사용되기 시작했다. 우리 재롱이 사진이 유행하는 하나의 '짤'이 된 것이다.

그리고 그즈음부터 친구들에게도 연락이 오기 시작했다.

'이 사람 프사(프로필 사진) 재롱이 아니야?'

'내가 자주 보는 블로그에 재롱이 사진이 올라왔어.'

보통 이런 내용들이었다. 어떨 땐 하루에 여덟 번이나 연락이 올 정도로 많은 연락을 받았다. 얼떨떨하고 신기하고, 뿌듯하

123

'감자 있나요?'
재롱이 사진이 짤이 되었다.

기도 했다. 우리 백씨네 집에서 인터넷 스타가 난 순간이었다.

재롱이 계정을
만들다

처음 재롱이 인스타그램 계정을 개설한 이유는 단순히 내 개인 적인 용도였다. 바로 우리 집 강아지 소개용. 대학교에 입학한 뒤 새롭게 만난 사람들과 대화할 때 재롱이 이야기는 빠질 수 없는 스몰토크 주제였다. 재롱이 이야기란 "나는 '굉장히 귀여운' 강아지를 키우고 있다"가 포인트였다. 물론 내가 만나자마자 바로 내 강아지 이야기부터 하는 이상한 사람은 아니지만, 서로의 반려동물 이야기는 우리가 '찐친'이 되는 데 한 발짝 가까워지는 매직 패스였다.

서로의 반려동물 이야기를 하다 보면 꼭 사진을 보여줘야 하는 시간이 있다. 그렇다고 너무 많은 사진을 보여주면 상대방이 지루할 수 있으니까 재롱이의 귀여움이 충분하게 느껴지는 사진 서너 장을 차례대로 샤샤샥 보여줄 수 있어야 했다. 그때마다 휴대폰 사진첩에서 최고의 사진을 찾아 바쁘게 스크롤 하는

그 잠깐의 시간이 내 강아지에 대한 기대의 흥을 깨트리는 것 같
았다. 그래서 인스타그램 계정을 만들었다. 피드를 꽉 채운, 귀
여움도 꽉 찬 재롱이 사진 아홉 장을 딱 보여주려고.

지금 다시 보면 최고 귀여운 사진 선정에 대한 이견이 있을
것 같지만, 그게 내가 보여주고 싶은 우리 집 귀염둥이 재롱이였
다.

🔒 jrong.__

37
게시물

59
팔로워

27
팔로잉

재롱🖤
사진첩 속 울애기 너무 귀여워서 만든 계정
사진 순서는 뒤죽박죽😎

프로필 수정

✿ ✿ ✿
처음 올렸던 재롱이 귀여움 아홉 장.

이 아이를 찾습니다
너무 귀여워서요

'공사장 강아지'는 유명해졌지만, 재롱이가 유명한 건 아니었다. 사람들은 그 꼬질꼬질한 사진을 좋아할 뿐 그 강아지가 누군지는 몰랐으니 당연하다. 처음에는 별생각이 없었지만 나도 슬슬 '그 강아지가 우리 재롱이예요!'를 널리 알리고 싶었다. 꼬질이 사진 한 장에 담기엔 재롱이의 귀여움이 차고 넘쳤으니.

그렇지만 내가 알릴 방법도 딱히 없고, 알리겠다고 용을 써서 쉽게 될 문제가 아니었기에 단념하고 있었다. 그러던 어느 밤, 갑자기 핸드폰에서 알람이 빗발치기 시작했다. 재롱이 인스타그램 계정의 팔로워 수가 엄청나게 늘어나고 있었고, 여러 친구에게서 오는 연락이 쏟아졌다. '도대체 이게 무슨 일이지?' 떨리는 마음으로 확인해본 사연은 이렇다.

연예인 강민경 님이 본인 강아지(이름은 휴지) 인스타 계정에 '이 아이를 찾습니다. 너무 귀여워서요.'라는 글과 함께 재롱

이의 사진을 올린 것이다. 그리고 재롱이를 알던 소수의 사람들이 댓글로 재롱이의 계정을 알려주었고 그 댓글을 보고 온 사람들이 팔로워가 되고 있었던 것. 사람들은 '그 꼬질이가 너였구나!' 하면서 반가워했고, 그날 밤 재롱이 계정의 팔로워는 1만 명이 넘었다. 그리고 2주가 지나자 5만 명이 되어 있었다. 참 신기한 인생, 한 치 앞도 알 수 없다는 게 바로 이런 건가.

조심스럽게 추측해보면, 아마 강민경 님은 우연히 본 재롱이 사진이 귀여워서 즉흥적으로 장난 반, 궁금증 반으로 글을 올리지 않았을까 싶다. 우연한 글 하나로 재롱이가 이렇게 많은 사람들에게 알려질 줄이야. 아무튼 결론은 그때나 지금이나 하고 싶은 말.

민경 언니 고마워용♥

재롱 잔치를
한번 열어볼까

숯검댕이 꼬질이가 우리 재롱이라는 게 알려진 후 재롱이의 다양한 모습은 사랑받기 시작했다. 재롱이가 얼마나 예쁘고 귀여운지는 우리끼리만 알고 있었는데 아는 사람들이 점점 더 많아지니 기분이 좋고 행복했다. 자고로 귀여움은 널리 알리고 공유해야 하는 것.

그러던 어느 날, 유튜브 '애니멀봐' 채널에서 촬영 문의가 왔다. 천방지축 '공사장 강아지'로 알려졌지만 인스타그램 속에서는 재롱이의 얌전한 모습도 보였다고, 도시에서는 말없이 조용한데 시골에서는 다른 강아지가 되는 그 모습을 담고 싶다고 했다. 재밌는 추억이 될 것 같아서 큰 고민 없이 승낙했다. 그렇게 하루는 우리 집에서 촬영하고, 다음 날은 시골에 내려가서 촬영을 했다. 온 가족의 기대와 성원을 받으면서.

그리고 기다리던 영상 업로드일. 두근두근하며 본 영상 속

유튜브 '애니멀봐' 촬영 날 재롱이.
영상으로 담은 재롱이는 정말 사랑스러웠다.

재롱이는 너무 사랑스러웠다. 재롱이의 귀여운 모습이 담뿍 담
겨 있었고, 재롱이의 대조되는 성격이
재미있게 그려져 있었다. 사진 한
장에는 담을 수 없는 재롱이의
모습을 생생하게 볼 수 있었
다. 그리고 우리만 아는 재롱
이의 보송보송하고 몽글몽글
한 이 느낌이 영상으로는 조금

이나마 전해지는 게 느껴졌다.

'맞아, 이게 진짜 재롱이인데!'

그때 생각했던 것 같다. 유튜브를 해볼까? 진짜 재롱이를 더 잘 보여주고 싶다는 마음이었다. '재롱이를 진심으로 좋아해주는 분들도 많고, 남들 다 한다는 유튜브, 내가 못 할 게 뭐가 있겠어.' 그렇게 호기롭게 유튜브 채널을 열었다.

아, 참고로 채널명은 아주 쉽게 정해졌다. 마치 재롱이 이름을 지을 때처럼.

"재롱이니깐, 재롱 잔치?"

오케이~ 고민할 필요도 없었다.

✿ ✿ ✿
사랑을 먹고 자란 재롱이, 사랑둥이 재롱이,
우리가 그 사랑 계속 줘야지.

✿ ✿ ✿
햇빛 아래
재롱이는 사랑이다.

유튜브는 어려워

그런 말이 있다고 한다. 요즘 직장인 2대 허언, 바로 '퇴사할 거다'와 '유튜브 할 거다'.

나의 시작과는 조금 다른 개념이지만 아무튼 나도 그렇게 유튜브를 시작했다. 쉽지는 않을 거라고 생각했지만, 사실 이렇게 어려울 줄은 몰랐다.

재롱이 사진을 찍는 건 생각보다 쉽지 않다. 가장 귀여운 찰나의 순간을 포착해야 하는데, 재롱이가 어디 가만히 있어주냐는 것이다. 결국 여러 장을 찍어서 베스트 컷 한두 장을 건지는 방법밖에. (물론 실물로는 모든 순간이 귀엽다.) 그런데 영상을 찍는 건 또 다른 차원의 일이었다. 영상에는 이야기가 담겨야 했고, 그 말은 이야기가 담긴 재롱이의 일상을 포착해야 한다는 것이었다. 하지만 관찰 예능도 아니고, 우리가 24시간 재롱이를 카메라로 찍고 있는 게 아니니 귀엽고 재미있는 순간이 보여서 카메라를 들면 그 순간 그 장면은 이미 끝이 나 있곤 했다.

그렇다고 재롱이에게 뭔가를 시키면서 의도적인 장면을 연출하고 싶지는 않았다. 재롱이의 진짜 모습을 보여주고 싶어서 시작했는데, 인위적인 모습을 보여주고 그 과정에서 재롱이가 조금이라도 스트레스받는 건 절대 하고 싶지 않았으니깐. 그래서 결국 찾은 방법은 무한한 노력뿐. 지금의 나는 24시간 핸드폰을 손에서 놓지 못하는 사람이 되었다. 그리고 그 누구보다 빠르게 카메라를 켜는 사람. 그 찰나를 위해 매 순간 긴장을 놓치지 않는 사람이.

그렇게 나는 일주일에 두 개의 영상을 올리는 유튜버가 되었다.

재롱이 유튜브 첫 영상 촬영한 날.
햇살 같은 재롱이.

밥 한번 먹기 되게 어렵네

유튜브 알고리즘을 타고 재롱이가 처음으로 많은 사람에게 알려진 영상이다.

결혼하고 출가한 언니가 모처럼 우리 집으로 바로 퇴근했고, 마침 엄마와 나는 잠시 집을 비운 상태였다. 집에는 재롱이만 있었고, 재롱이는 언니를 무척 반기면서도 딱 밥시간에 온 언니에게 밥을 달라고 하는 상황. 하지만 언니는 양 조절을 못 하는 사람이다. 재롱이는 먹보여서 밥을 주면 많이 달라고, 더 달라고, 계속 달라고 하면서 끊임없이 먹는 타입이다. 그래서 정량보다 많이 주면 몽땅 다 먹어버려서 밤에 토하기도 하고, 살도 많이 찌게 된다. 소형견은 살이 많이 찌면 다리 관절에 무리가 가서 체중 관리를 해야 하기에, 내가 언니에게 불가피하게 내린 지령은… '언니가 밥 주지 마.'

그렇게 밥을 줄 수 없는 언니와 밥을 달라고 하는 재롱이의 모습이 담긴 것이 바로 이 영상이다. 이 영상이 특별한 건 재롱이의 성격이 유독 잘 보여서인데, 참지 않으며 잘 짖는다고 알려진 말티즈의 일반적인 성격과 달리, 재롱이는 밥을 달라고 끊임없이 조르면서도 단 한 번도 짖지 않는다. 오로지 눈빛과 고갯짓으로만 말할 뿐. 우리 가족에게는 당연하고 평범한 재롱이의 모습인데 사람들에게는 이런 재롱이의 모습이 굉장히 신기하고 특별하게 보인 것 같다.

그렇게 언니가 즉흥적으로 찍은 짧은 영상이 지금은 조회수 2백만 회를 넘어간다. '재롱잔치'에 언니의 공이 크다는 건 인정할 수밖에 없는 사실인 듯하다.

누나 밥이 없더..

하는 거 없이 제일 바쁜 강아지

매년 초겨울이 되면 엄마는 외갓집 식구들과 모여 시골에서 김장을 한다. 그렇게 가지고 오는 김장 김치의 양은 김치통으로 열댓 개가 넘어갈 정도로 상당히 많다. 그날은 엄마가 김장 김치를 가져오는 날이었고, 언니와 형부와 나는 엄마를 도와 김치를 엘리베이터로 옮겨 우리 집이 있는 층에 내려놓았다. 그리고 이제 김치를 집 안으로 옮겨야 할 차례. 현관문을 열자 재롱이가 뛰어나왔다.

그날의 재롱이는 흥이 넘쳤다. 이틀 만에 만난 엄마와 새로운 냄새가 나는 물건들을 신기해했다. 그리고 가족들이 계속 왔다 갔다 하면서 김치를 나르니 재롱이도 그 뒤를 쫓아 부지런히 뛰어다니기 시작했다. 엄마 따라갔다가, 누나 따라갔다가, 형아 따라갔다가, 쌓여 있는 김치통도 구경했다가, 괜히 복도도 한 바퀴 질주하고. 왠지 분주한 가족들 옆에서 자기 딴에는 열심히 참

견하면서 거드는데, 거들다 보니 '나 왜 이렇게 신나지?' 하는 모습 그 자체였다. 평상시 에너지가 넘치면서 깨발랄한 재롱이의 모습이 그대로 담겼달까.

개인적으로는 내가 제일 좋아하는 영상이다. 평소 집에서 보여주는 날것의 재롱이 모습이 그대로 담겨 있어서 봐도 봐도 기분이 좋아지기 때문이다. 그리고 시간이 흐르고 흐르면, 생기 발랄한 재롱이 모습이 그대로 담긴 이 영상이 가장 소중해질 것 같다.

내가 낳은 아들이지만 귀찮아

유튜브를 하면서 재롱이의 무던하고 잘 짖지 않는 성격이 주목 받게 되었다. 그리고 자연스레 재롱이 엄마인 또치에 대한 관심도 생겨났다. 또치는 어떤 성격인지, 저 성격이 과연 유전인 것인지 궁금해하는 사람이 많았다. 놀랍게도(?) 재롱이 엄마인 또치는 재롱이와 정반대의 성격을 가지고 있다. 말 그대로 그 유명한 '말티즈는 참지않긔'의 정석. 또치는 예민하고 섬세하고 고집 있고 소신 있는 강아지다. 초인종이 울리면 거침없이 짖으며, 쉽사리 손을 내밀어주지도 않고, 과일도 정말 품질 좋은 맛있는 과일만 먹는다. 어떻게 또치한테서 재롱이 같은 아들이 나왔는지 신기할 정도다.

그런데 놀랍게도 그런 또치가 유일하게 관용을 베푸는 강아지가 있으니, 그건 바로 백재롱이다. 또치가 정말 아들을 알아보는 것인지 아닌지는 모르겠지만, 신기하게도 또치는 재롱이에게

둘이 똑 닮았어요

비교적 친절한 편이다. 아, 정확히 해야 할 것은 비교적 친절하다는 것이지 절대 그냥 친절하다는 것은 아니다.

한번은 또치와 재롱이를 언니 신혼집에 데려와서 논 적이 있다. 참고로 재롱이는 또치를 정말 많이 좋아한다. 웃기게도 재롱이는 강아지를 가리는 편인데, 기준은 모르겠지만 자기가 좋아하는 강아지에게만 관심을 주고 그렇지 않으면 눈길도 주지 않는다. 그런 재롱이가 관심을 제일 많이 쏟는 강아지가 바로 또치다. 재롱이는 또치를 만나면 또치의 뒤꽁무니를 쉬지 않고 쫓아다니고, 또치는 부담스럽게 들러붙는 재롱이를 귀찮아한다. 하지만 귀찮아할 뿐 절대 뭐라 하거나 짖지는 않는다. 예민한 또치에게는 정말 엄청난 일! 다른 강아지였다면 벌써 이빨을 드러내며 으르렁했을 것이다. 정말 아들을 알아보는 걸까? 아니면 알아보는 것까지는 아니어도 무언가 본능적 이끌림이 있는 것일까?

　아무렴 어때. 우리 눈에 안 보이는 끈이 둘 사이에 있다고 믿으면 그만인 걸.

강아지는 마스크를 쓴
가족을 알아볼까?

재롱이는 코를 잘 쓰지 않는 것 같다. 오히려 코보다 눈을 잘 쓰는 편이다. 처음엔 긴가민가했지만, 수년간 관찰해보니 정말이다. 냄새를 맡으며 후각을 사용하는 것보다 형태나 움직임을 확인하며 시각을 활용하는 것이 좀 더 우선시되어 보이는 그런 느낌이다. 찬찬히 냄새 맡는 것보다 빨리 눈으로 확인해야 하는 재롱이의 급한 성격이 느껴진달까. 재롱이가 후각보다 시각을 잘 쓴다고 확신을 가지게 된 몇 가지 에피소드도 있다.

재롱이랑 산책을 하다가 엄마나 언니를 마주치면 재롱이는 저 멀리서 와도 형태만 보고 기가 막히게 알아본다. 바람이 반대 방향으로 불어서 냄새를 맡을 수 없는데도 말이다. 혹은 내가 봐도 '어? 엄만가?' 싶을 정도로 비슷한 모습의 사람을 보면 재롱이도 같이 '어? 엄만가?' 하며 갸우뚱한다. 그런 재롱이도 코로나 시기를 맞이하게 됐고, 문득 궁금해졌다. 마스크를 써도 우리 가족을 알아보려나?

　그날도 아파트 단지에서 재롱이랑 산책을 하고 있는데 언니가 집에 오고 있다는 소식을 들었다. 나는 재롱이랑 벤치 근처에 있고 언니는 마스크를 쓴 채 모른 척하고 지나가 보기로 하였다. 두리번두리번하던 재롱이는 언니가 나타나자 얼굴에 물음표를 가득 띈 채 언니를 바라보았고, 언니는 개의치 않고 재롱이를 지나쳤다. 재롱이는 그런 언니에게 시선이 꽂혀서 저 멀리 떠나가는 언니를 계속 빤히 바라보며 고개를 갸우뚱했다. '분명 우리 집 사람이 맞는 것 같은데….' 결국 언니가 다시 돌아오자 확신에 찬 듯 꼬리콥터가 가동되었다. 정말 보면서도 믿기지 않는

신기하고 웃긴 광경이었다. 진짜 어떻게 알아보는 걸까? 하여튼 아주 영특한 강아지야, 백재롱!

▶

집돌이 강아지가
다른 집에 갔을 때

'공사장 강아지'로 알려진 재롱이에게 또 다른 별칭이 주어진 영상. '집돌이 강아지' 에피소드다.

결혼한 언니는 신혼집을 구해 우리 집을 떠나게 되었다. 사실 이때까지만 해도 재롱이는 언니를 1순위로 따랐지만 어쩔 수 없이 언니는 눈물을 머금고 재롱이를 두고 떠났다. 재롱이가 보고 싶은 언니는 결혼을 한 후에도 주말마다 우리 집에 왔고, 휴가를 쓰면 평일에도 우리 집에 왔다. 그렇지만 언니만 매번 오면 서운할 테니 우리도 가줘야지.

나는 재롱이를 데리고 언니 집에 종종 갔다. 그런데 왜인지는 모르겠지만 재롱이는 언니 집을 싫어했다. 재롱이는 언니 집에만 가면 현관문 앞에 앉아서 나가자고 무언의 떼를 썼고, 우리는 도통 이유를 알 수 없었다. 집이 너무 더운가? 집이 너무 추운가? 집이 너무 작은가? 화장실이 별로인가? 배가 고픈가? 목이

마른가? 산책을 가고 싶은 건가? 아니면 집에 뭘 놓고 왔나? 끊임없는 물음을 쏟아내며 재롱이의 생각을 맞춰보고자 이것저것 시도해봤지만, 아무것도 통하지 않았다. 재롱이는 정말 집에 가는 것을 원했고, 정확한 이유는 아직도 미궁 속에 있다.

그날은 유독 재롱이가 빨리 집에 가고 싶어 했던 날이다. 보통은 그래도 한두 시간은 있다가 집에 가자고 떼를 쓰는데, 이날은 언니 집에 온 지 5분이 채 지나기도 전에 바로 집에 가자고 조르기 시작했다. 게다가 재롱이는 절대 짖지 않고 철퍼덕 앉아서 조용히 눈으로만 말한다. 정말 당장이라도 빨리 말을 들어줘야 할 것 같은 간절한 눈빛과 귀가 뒤로 납작하게 접혀 물개를 연상하는 동그란 머리를 하고 말이다. 그 모습을 생생히 담은 것이 이 영상이다. 조용히 항의하는 강아지와 이유를 모르는 우리의 모습이 다시 봐도 재미있긴 하다.

그런데 재롱이는 정말 왜 집에 가고 싶어 했던 걸까. 정말 언니 집에 귀신이라도 있었던 건가.

✿ ✿ ✿

재롱이와 유튜브를 찍으며 행복했던 기억이 많다.
가장 좋은 건 언제, 어디서든 함께하는 시간이 늘었다는 것.
그 모든 순간이 너의 기억에 가득하길.

큰나와 짠나

재롱이 유튜브를 시작한 뒤, 언니와 나는 어디를 가도 '큰나'와 '짠나'로 불리기 시작했다. 처음에는 큰나와 짠나가 뭐냐고, 무슨 뜻이냐고 묻는 말들이 많았는데 일일이 설명하기가 조금 어려웠다. 너무 단순한 이유이기 때문에.

언니와 나에게는 나이 차이가 제법 나는 남동생이 있다. 언니와는 10살, 나와는 5살이 차이가 나는 막냇동생. 동생은 어렸을 때 큰누나, 작은누나라고 불러야 하는데 모든 아기들이 그렇듯 발음이 잘 안됐다. 빠르게 부르기엔 호칭이 긴 편이기도 하고. 그래서 동생은 입에서 소리가 나오는 대로 우리를 불렀다. '크야'와 '짠나'로. 그리고 크야와 짠나는 점점 발전해 '큰나'와 '짠나'가 됐고, 20살이 넘은 내 동생은 아직도 우리를 그렇게 부른다.

그러다 보니 우리 집에서는 큰나와 짠나가 너무 당연한 호

나랑 재롱이. 우리 오래오래 함께하자.

칭이다. 마찬가지로 우리의 남동생인 재롱이에게도 우리는 큰나
와 짠나일 수밖에 없었다. 아, 물론 재롱이가 우리를 직접 부를
일은 없지만, 우리가 재롱이에게 말할 때 굉장히 많이 쓰인다.

　"재롱아, 큰나한테 간식 달라고 해."

　"재롱아, 짠나 데려와."

　생각해보니 주로 뭐 시킬 때 쓰는 표현이지만. 아무튼 영상
속에 우리 일상이 담기다 보니 큰나와 짠나라는 호칭도 자연스
럽게 나오게 되었고, 그렇게 언니와 나는 우리 유튜브 채널을 보
는 모두에게 큰나와 짠나가 되었다.

매일 재롱 잔치였으면

일주일에 두 개의 영상을 올리는 건 꽤 어려운 일이다. 내가 입담이 넘치고, 재능이 출중해서 나의 모습을 담으며 운영하는 채널이 아닌, 우리 집 강아지의 영상을 찍고 편집해서 주 2회씩 꾸준히 올리는 것은 정말 안 해보고는 모르는 일이다. 그리고 그 모를 일을 어쩌다 보니 3년 가까이 하게 되었다.

'내일은 무슨 영상을 올리지?' 고민하면서 몇 시간 동안 영상을 편집해서 올리는 과정이 어떨 때는 너무 힘들어서 후회될 때도 있었다. 그렇지만 그 과정을 거쳐 영상 한 편을 올리면 그 영상을 보면서 내가 더 힐링이 될 때가 많다. 재롱이가 너무 귀엽고 사랑스러워서. 생각해보면, 8살의 가을 재롱이, 9살의 여름 재롱이, 다 같이 놀러 갔을 때 재롱이, 하수구를 점프하는 재롱이, 산에 가고 싶은 재롱이 등 그때그때의 모습을 한 편의 영상으로 기록해둘 수 있다는 게 참 감사할 뿐이다. 그리고 애정이 담뿍 담긴 댓글들을 보면 그 힘듦이 눈 녹듯 사라진다. 일명 '댓글 치료'다. 다행히 재롱이의 유튜브 채널은 꾸준히 많은 분들이 좋아해주시고, 덕분에 나도 계속 열심히 영상을 올릴 수 있는 힘을 얻는다.

재롱이 영상을 보면 대체로 기분이 좋고 행복하지만 왠지 울적해지는 날도 제법 있다. 재롱이의 모든 모습이 너무 반짝반짝 빛나고 예쁘지만 영상을 보다 보면 알 수 없는 나만의 울적함과 걱정이 고개를 든다. 재롱이는 비교적 늦은 나이인 8살에 유튜브를 시작했고, 8살은 강아지에게는 꽤 많은 나이라고 볼 수 있다. 그리고 재롱이는 하루하루 나보다 더 빠르게 나이를 들어가고 있기에 이 모습이 영원하지 않다는 것을 너무나도 잘 알고 있어서, 그렇기에 이 모습들이 너무 소중해 가끔은 나도 모르게 눈물이 나기도 한다. 먼 훗날, 재롱이가 내 곁에 없을 때 나는 이 영상들을 닳고 닳도록 보게 될지 아니면 오히려 못 보게 될지는 아직 상상도 안 된다.

그럼에도 불구하고 우리 강아지의 예쁜 모습을 이렇게 생생하고 다양하게 담고 영원히 소장할 수 있는 것은, 더불어 사람들에게 사랑을 가득 받을 수 있는 것은 엄청나게 큰 복이라고 생각한다. 아무에게나 찾아오지 않는 정말 커다란 복. 그래서 나는 오늘도 열심히 편집을 한다. 매일매일 재롱 잔치가 열리길 바라면서.

✿ ✿ ✿
너와 함께라면, 매일매일이 재롱 잔치야.

4장

너의 모든 순간을
함께할게

재롱이 이빨이
빠진 것 같아!

어느 날 엄마랑 마트에서 장을 보고 있는데 언니가 울면서 전화가 왔다. 난리 난리를 치면서 언니가 하는 말.

"재롱이 이빨이 빠진 것 같아!!! 빨리 집에 와봐!!!"

갑자기 재롱이 이빨이 빠졌다니? 무슨 말인지 물어보니, 재롱이 입가 털에 이빨이 붙어 있다고 무섭다고 빨리 오라고 했다. 도대체 무서운 포인트가 무엇인지 이해할 수 없었지만, 언니는 자기는 무서워서 못 뗀다고 빨리 집에 오라고 우는소리로 재촉했다. 재롱이 이빨이 빠졌다니… 엄마와 나도 놀라서 부리나케 집으로 돌아왔다.

집으로 돌아오니 재롱이는 거실 바닥에 엎드려 있고 언니는 소파에 몸을 말고 앉아서 울상이 되어 있었다. 언니가 그렇게까지 무서워하니 나도 왠지 모르게 무서워져 재롱이에게 다가가지 못하고 얼어붙어 버렸다. 결국 엄마가 확인해보니 그 하얀 무언

가지런했던 재롱이 앞니.

가는 재롱이 이빨이 아니라 다름 아닌 밥풀이었다. 굳어서 딱딱해져 버린 밥풀. 묘하게 재롱이 이빨같이 생긴 밥풀 한 알. 재롱이 입을 벌려보니 재롱이 이빨은 촘촘하게 있어야 할 곳에 잘 자리 잡고 있었다.

난리블루스를 치고 난 후 멋쩍게 웃는 언니의 말에 따르자면, 재롱이를 배 위에 올려놓고 얼굴을 마주 보며 놀고 있는데 갑자기 재롱이 입가에 붙어 있는 하얀 무언가가 보였고 그게 딱 이빨 모양이었다고 한다. 그런데 그 순간 그게 너무 무서워서 재롱이를 바닥에 내려놓고 엄마에게 전화를 했다는 사연. 이 이야기는 그 후로도 두고두고 언니를 놀리는 데 써먹었다. 물론 놀릴 때마다 언니는 그때는 진심으로 너무 무서웠다고 말하지만.

사실 이 밥풀 사건 이후에도 난 강아지 이빨에 대해 무지했다. 강아지도 사람처럼 유치가 빠지고 영구치가 난다는 걸 알지 못했다. 그건 엄마도, 언니도 마찬가지였다. 그도 그럴 것이 우리는 재롱이 유치를 단 하나도 본 적이 없기 때문이다. 우연히 강아지 유치가 빠졌다는 블로그 글을 보고 나서야 강아지도 유치가 빠진다는 걸 알게 되었다.

추측하건대 재롱이는 그동안 자기 유치를 다 먹었던 것 같다. 대단히 귀여운 먹보다.

이빨까지 먹어버리는 왕먹보 백재롱.

재롱이 밥풀 찾아라.

진짜 이빨 빠진 강아지

재롱이가 6살이 된 2018년, 여느 날처럼 재롱이와 공놀이를 하며 놀고 있던 날이었다. 공을 품에 안은 채로 뺏기지 않으려고 "으르르" 하는 재롱이 얼굴을 보는데 문득 휑한 느낌이 들었다. 원인은 바로 앞니. 재롱이 앞니가 없었다. 그것도 두 개나.

수많은 걱정들이 물밀듯이 쏟아지기 시작했다.

'이 이빨은 영구치인데 벌써 빠지면 어떡하지. 이제 다른 이빨들도 차례대로 빠지는 건가. 우리 재롱이 아직 6살밖에 안 됐는데. 밥도 먹고 껌도 먹어야 하는데. 우리 애기가 밥 먹는 걸 얼마나 좋아하는데 벌써부터 이빨이 빠지기 시작하면 앞으로 어떡하지. 재롱이가 벌써 그렇게 늙은 건가. 얘가 노화가 빨리 온 편인 건가. 하긴 강아지 나이 6살이면 아주 젊은 나이도 아니긴 하지만… 그래도 이건 너무 빠른데. 어떡하지.'

생각이 꼬리에 꼬리를 물면서 걱정이 됐다. 당장 병원으로

자기가 앞니 빠진 줄 모르는 강아지. 재롱이한텐 비밀.

달려갔더니 수의사 선생님은 허허 웃으면서 별거 아니라고 괜찮다고 하셨다. 강아지들은 앞니가 잘 빠지기도 하고, 앞니는 씹는데 별 영향이 없어서 밥을 먹는 데는 지장이 없으니 앞으로 사는데도 문제없다고. 그렇게 웃으며 말씀하시니 정말 안심이 됐다.

그리고 나중에 알게 된 사실. 재롱이 엄마 또치도 앞니가 일찍 빠졌다고 한다. 그 와중에도 참 다행이라고 생각했다. 별게다 유전이구나 싶기도 하고, 별것 아니어서 참 고맙기도 하고.

재롱이가 평생
약을 먹어야 한다고?

부끄럽지만 갑자기 내 이야기를 하자면, 나는 어렸을 때부터 가졌던 꿈이 '영어를 아주 잘하는 사람'이었다. 어른이 되면 꼭 외국에서 살고 싶었고, 어느 나라에서든 밥벌이를 하면서 사는 사람이 되고 싶었다. 그리고 그 꿈을 위한 첫 시작으로 대학생이 되어 어학연수를 가게 되었다. 1년 동안의 어학연수를 계획했는데, 재롱이랑 무려 1년을 떨어져 지낸다는 것이 걱정되었지만 사실 그보다는 혼자 외국에서 산다는 기대감과 긴장감에 재롱이는 약간 뒷전이 되었다. 그리고 재롱이에겐 나 말고도 다른 가족들이 있으니깐, 재롱이를 향한 나의 그리움 외에는 별다른 문제가 없었다. 없어 보였다. 그런데 외국에서 지낸 지 정확히 5개월이 되던 날, 엄마에게 한 통의 전화를 받았다.

"재은아, 재롱이가 아프대. 평생 약을 먹어야 한대!"

그날 있었던 힘든 일을 이야기하며 울면서 엄마와 통화를 하고 있었는데, 엄마의 그 말 한마디에 눈물이 쏙 들어갔다.

"그게 무슨 소리야? 어디가 아픈데 약을 평생 먹어야 돼?"

병원에 갔다가 재롱이 심장이 또래 강아지들보다 좋지 않다는 것을 발견했고, 여기서 더 악화되지 않으려면 평생 약을 먹으며 관리를 해줘야 한다고 했다. 재롱이가 아프다니, 평생 약을 먹어야 한다니… 재롱이가 아픈 건 내가 그린 미래에 없었다. 언제나 쌩쌩하고 건강한 재롱이였기에 재롱이가 아플 수 있다는 것 자체를 생각 못 했던 것이다. 그런데 이런 이야기를 이렇게 빨리 듣게 될 줄이야, 재롱이는 아직 6살인데. 이 소식을 들으니 오늘 내가 힘들었던 건 힘든 일도 아니었다. 눈물 날 일도 아니었다.

전화를 끊고 인터넷 검색을 해보니 말티즈 종은 나이가 들면서 가장 많이 걸리는 병이 심장병이라고 한다. 보통 10살 이후에 나타난다고 하는데 재롱이에게는 왜 이렇게 빨리 찾아온 걸까? 이러다 내가 외국에 있는 동안 재롱이가 떠난다면? 재롱이가 떠나는 순간 그 곁을 지켜주지 못한다면 나는 스스로가 원망스러워서 못 살 것 같았다. 그래서 결심했다. 누가 들으면 참 웃기다고 하겠지만, 외국에 살고 싶다는 내 마음은 한순간에 바뀌었다. 외국이 아닌 재롱이 옆을 지키면서 살겠다고.

재롱이 심장은 소중해

귀국해서 본 재롱이는 매일 같은 시간에 약을 먹는 삶을 살고 있었다. 재롱이가 먹는 약은 당장 아파서, 상태가 심각해서 먹는 약이라기보단 상황이 더 악화되지 않게 관리하는 수준의 약이라고 들었다. 다행히 재롱이는 약을 간식으로 알아서 매일 먹이는 데엔 전혀 어려움이 없었다.

그렇게 2년이 흘렀을 무렵, 문득 '약이란 걸 이렇게 오래 먹여도 되나?' 하는 생각이 들었다. 또 급히 인터넷 검색을 했다. 한참을 알아보다 보니 무서워지기 시작했다. 강아지가 심장병 진단을 받은 후 심장약을 2~3년 정도 먹다가 무지개다리를 건너보낸 가족들이 꽤 많았기 때문이다. 심장약에는 이뇨제가 들어가기 때문에 장기간 복용하면 신장에 과부하가 올 수밖에 없고 결국에는 심장도, 신장도 안 좋아진다. 그렇게 약을 더 늘려가다가 강아지를 떠나보냈다는 이야기…. 재롱이도 벌써 2년째 약을 먹고 있었기에 가슴이 막 떨리기 시작했다. 다음 날 바로 재롱이를 데리고 다니던 동물병원에 갔다. 나의 걱정을 토로하고, 수의사 선생님께 재롱이의 진단 내용과 현 상태에 대한 설명을 한 시간 반가량 듣고 보니 왜 이런 진단과 처방이 내려졌는지, 그리고 재롱이의 상태가 어떤지 자세하게 이해할 수 있었다.

약간 안심은 되었지만, 그럼에도 나는 많은 사람들이 신뢰하는 다른 병원에서도 진단을 받아보고 싶었다. 다행히 집 근처에 유명한 동물 심장 전문 병원이 있어서 정밀 검사를 받을 수 있었다. 검사 결과, 재롱이는 심장병 초기 단계는 맞으나 해당 병원에서는 이 단계에 있는 강아지에게 약을 처방하지 않는다고 했다. 재롱이는 상태가 좋은 편이고 일부 강아지들은 약을 먹지 않고 초기 단계 상태로 평생을 살기도 한다고. 다행이었다. 제발 재롱이가 그 일부 강아지가 되기를 바랐다.

진단을 받은 이후 재롱이는 더 이상 약을 먹지 않고 있다. 그리고 1년이 지나서 받은 정기 검진에서 작년과 유사한 상태라는 결과를 받았다. 앞으로도 재롱이가 이대로 쭉 건강하기만을 바랄 뿐이다.

✿ ✿ ✿

얼굴이 흙투성이가 되어도 행복하기만 하면 돼.

너의 입 냄새

신기하게도 재롱이 이빨은 항상 깨끗했다. 딱히 매일 칫솔질을 해준 것은 아니지만 그래도 재롱이 이빨은 늘 깨끗했다.

7살이 되던 무렵 재롱이가 내 얼굴 앞에서 헥헥 숨을 내쉬는데… "와우 백재롱 입 냄새 대박." 재롱이 입 냄새를 인지한 것은 그때가 처음이었다. 또 인터넷 검색을 해보니 강아지 입 냄새는 이빨에 쌓인 치석이 원인이 된다며, 강아지도 건강을 위해 스케일링을 주기적으로 해줘야 한다는 정보를 접했다. 주기적? 재롱이는 살면서 한 번도 스케일링을 해본 적이 없는데…?

바로 병원에 가서 물어봤다. 우리 재롱이 지금 스케일링을 해야 하는 거냐고. 강아지 스케일링은 전신마취를 하고 해야 돼서 반드시 필요할 때에만 하는 것이 좋다고 했다. 그러면서 수의사 선생님은 재롱이 이빨을 확인하며 나에게 물었다.

"스케일링 언제 하셨어요?"

왜 양치를 해야 하는지 이해가 안 되는 재롱이.

"한 번도 안 했다고요?"

선생님은 박수를 치셨다. 재롱이는 선천적으로 침이 묽은 강아지라 치석이 잘 안 쌓이는 타입인 것 같다고. 지금까지 한 번도 스케일링을 안 했는데 이 정도 상태인 것은 굉장히 운이 좋은 거라고 했다. 지금 치석이 아주 약간 있기는 한데 스케일링할 정도는 아니니 8살쯤 다시 보고 판단해도 될 것 같다고.

진료를 받고 재롱이를 안고 돌아오는데 세상이 그렇게 밝고 예뻐 보였다. 우리 강아지… 선천적으로 침도 묽어서 운이 좋다니… 진짜 재롱아, 너 대박이다.

어린이 대처법

재롱이랑 산책을 하다 보면 정말 다양한 사람들과 마주친다. 너무 귀엽다며 소곤소곤 대화하면서 지나가는 사람, 대뜸 다가와서 쓰다듬고 가는 사람, 나이를 물어보더니 '이제 늙었네' 한마디하고 가는 사람 등등 별별 사람들이 다 있다. 하지만 그중에서도 가장 조심스러운 건 어린이들을 마주하는 것이다.

특히 놀이터에 있는 활발한 어린이들은 친구들과 놀다가 강아지가 등장하는 것만으로도 큰 소리를 내며 흥분하는데 그럴 때면 무던한 재롱이도 주춤하며 당황한다. 그리고 더 무서운 건 일단 앞만 보며 강아지에게 달려오는 어린이들. 그런 상황을 여러 번 겪다 보니 나름의 대처 방법이 생겼는데 차분한 목소리로 한마디 해주곤 한다.

"얘 사람 물어~"

그럼 '우왁!!!' 소리를 지르며 알아서 뿔뿔이 해산한다. 겁

그래도 산책은 즐거워.

을 준 건 조금 미안하지만, 진짜 그렇게 달려오는 어린이를 재롱
이가 절대 물지 않는다는 확신은 없기에. 일단은 조심하는 거다.
나만의 방식으로.

얘는 몇 살이에요?

내가 어린이를 향한 경계심이 극에 달했던 시기가 있었다. 이날도 평소처럼 재롱이랑 산책을 하다가 벤치에 앉아 쉬고 있는데 유치원생처럼 보이는 여자아이가 다가와서 말을 걸었다.

"얘 물어요? 여자예요, 남자예요?"

나는 약간 예민해져서 "응, 물어. 남자야."라고 대답했는데, 이 아이는 도망가지 않고 한 걸음 떨어진 곳에서 계속해서 질문을 던졌다.

"와, 무서운 강아지구나. 몇 살이에요?"

정말 순수하게 궁금해서 물어보는 것 같았다. 꼬마가 조금 귀엽다고 생각한 나는 "8살이야."라고 알려줬더니 그 반응이 약간 놀라웠다.

"우와! 나보다 오빠네? 난 7살인데…."

조금 미안해졌다. 어린이에 대한 선입견 때문에 처음부터

이 아이를 너무 경계하면서 차갑게 대한 게 아닌가 하는 약간의 후회가 들었다. 그동안 재롱이 나이를 물어본 사람들은 재롱이 나이를 듣고 나이가 많다, 늙었다 등등 듣고 싶지 않은 반응만 보였으니깐. 나는 조금 미안한 마음에 한결 누그러져서 말을 걸었다.

"애 사실 안 물어. 손등을 천천히 주면 냄새 맡을 거야."

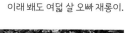

이래 봐도 여덟 살 오빠 재롱이.

　　꼬마는 손등을 내밀었고 재롱이는 관심이 가는지 손등 냄새를 몇 번 맡더니 다시 나한테 왔다. 기분이 묘했다. 지나가다가 모르는 강아지와 사람에게 걸어와 또박또박 말을 거는 이 여자아이보다 재롱이가 나이가 더 많다니. 재롱이가 이 세상에 태어난 지 더 오래되었다니…. 아무튼 한동안 꼬마랑 강아지에 대해 도란도란 이야기하다가 헤어졌는데, 이날은 나의 선입견을 조금은 없애준 날이었다.

내가 좋아하는
밀크티

동물병원 가는 길에 내가 제일 좋아하는 밀크티를 파는 프랜차이즈 카페가 생겼다. 이전에는 오로지 병원만 딱 찍고 다녀왔는데, 카페가 생긴 후에는 병원 다녀오는 길에 밀크티 한 잔을 사 먹으며 재롱이랑 빙글빙글 옆길로 돌아 집에 오는 것이 나의 작은 행복이 되었다. 재롱이는 산책하고, 나는 밀크티 마시고.

하지만 카페에 재롱이와 들어가는 것은 항상 조심스럽다. 반려동물 동반에 대한 언급이 따로 없는 곳에 들어갈 때는 재롱이를 안고 들어가자마자 바로 주문부터 하고 꼭 출입문 근처 의자에 앉아 있다가 음료가 나오면 얼른 받아서 나오곤 했다. 반려동물 출입이 안 되는 매장은 문을 열 때부터 강아지는 들어오면 안 된다고 알려주셔서 바로 나올 수 있는데, 이 카페는 음료 포장 주문이어서 그런지 내 품에 안겨서 두리번두리번하는 재롱이를 봐주는 것 같았다.

카페에 재롱이랑 열 번 정도 방문했을 때였다. 평소처럼 주문한 밀크티를 받으러 픽업대에 갔는데 매장 점장님이 나에게 말을 걸었다.

"재롱이 맞죠? 저희 직원들 모두 팬이에요!"

아니, 재롱이를 알고 있었다니. 뭔가 부끄럽기도 하고 괜스레 몸 둘 바를 몰라 어버버하고 있는데, 더 있다 가도 된다고 말

밀크티와 재롱이. 생각만 해도 행복해지는 조합.

씀하시며 재롱이가 마실 물도 준비해주셨다. 물 한 컵이 별거 아닌 것 같지만 너무 감사했다. 아쉽게도 그 후 우리 집이 다른 동네로 이사를 하게 되어 다시는 못 가게 되었지만, 항상 누구에게 피해가 갈까 봐 후다닥 매장을 나오는 나날 중 듣게 된 점장님의 배려 있는 그 한마디는 아직도 나에게 참 따뜻한 기억으로 남아 있다.

너의 건강은
나의 행복

재롱이는 1살이 되었을 때 슬개골 탈구 수술을 했다. 수술 후 회복 속도도 빠르고 경과도 아주 좋아서 이후 재롱이 다리에 대해서는 크게 걱정을 안 했던 것 같다.

그러다 재롱이가 9살이 되던 해, 유튜브에 올릴 재롱이 영상을 편집하고 있는데 오른쪽 다리에서 '뽁' 소리와 함께 슬개골이 빠지는 장면을 발견했다. 깜짝 놀라서 검색해보니 슬개골 탈구 수술을 했더라도 다시 탈구가 되는 경우가 많다고 하더라. 수술을 다시 해야 하는 건지 걱정이 되었다. 수술 자체도 걱정이지만, 무엇보다 처음 수술을 할 때와 달리 재롱이는 이제 많다면 많은 나이인 9살이어서 전신마취 수술이 건강에 치명적일 수도 있기 때문이었다.

그다음 날부터 이 병원, 저 병원에 검사를 하러 다니기 시작했다. 근 한 달간 여러 소견을 받았는데, 수술을 해야 할 상태인지에 대한 판단과 수술 방법까지 병원마다 조금씩 의견이 달랐다. 한 달 내내 정말 머리에 쥐가 나게 고민을 했던 것 같다. 내 선택에 재롱이의 향후 건강이 달려 있다고 생각하니 심장이 쿵쾅댔다. 결론적으로 수술은 안 하기로 했다. 현재 재롱이가 전혀 아파하지도 않고 보행도 양호해서 서둘러서 급하게 결정할 단계는 아닌 것 같고, 자기 강아지라면 지금 수술을 안 시킬 것 같다는 정형외과 원장님의 말씀이 결정적이었다.

그리고 1년이 흘러서 다시 받게 된 재롱이의 건강 검진. 재롱이의 관절은 1년 전과 거의 다름이 없다는 소견을 받았다. 굉장히 놀라운 일이라고 했다. 재롱이 상태가 좋다니. 1년 전과 변함이 없다는 그 감사하고 기분 좋은 말을 듣고 집으로 가는 길이란, 정말이지 유난히 청량하고 반짝거렸다.

너의 건강이 나의 행복이야, 재롱아.

✿ ✿ ✿
재롱아, 너의 건강이 나의 행복이야.

똑바로 걷지 못하는 강아지

여러 병원에 다니며 재롱이 다리 검사를 하다 보니 새로운 사실을 알게 되었다. 재롱이 다리뼈가 기형이라는 것을. 재롱이는 허벅지 뼈가 약간 휘어진 기형이어서 사실 일자로 걷지 못하는 강아지라고 한다. 듣고 보니 생각이 났다. 산책하러 가서 재롱이가 걸어오는 모습을 앞에서 보고 있으면 전방으로는 잘 걸어오고 있지만 묘하게 사선으로 걷는 듯했던 모습이. 그냥 신이 나서 이리저리 뒤뚱뒤뚱 걷는 거라고 생각했는데 뼈가 기형이어서 그런 거였다니….

뼈가 기형이어도 걷지 못하거나 아파하는 것은 아니기에 문제는 없었다. 다만, 재롱이가 9살이 되어서야 그 사실을 알게 되어 놀라웠고, 그동안 그 누구보다 씩씩하게 잘 걷고 잘 뛰어다녀 준 재롱이의 지난 시간에 감사했다. 조금 늦었지만, 이제라도 알게 되었으니 네가 어디든 걸어 다닐 수 있게 잘 지켜주겠다고 다

짐하게 된 날이었다.

　이 누나만 믿어, 백재롱.

신나게 잘 뛰는 우리 재롱이. 거의 공중에 떠 있다.

우리 집에 사는
사과 귀신

재롱이의 최애 과일은 사과다. 먹보 재롱이는 먹을 거는 뭐든지 좋아하지만, 사과에 대한 애정은 특히 남다르다. 냉장고에서 사과 꺼내는 소리, 사과를 깎기 위해 과도 꺼내는 소리, 사과를 깎기 전에 과도로 '탁' 하며 한 번 치는 소리까지 귀신같이 다 알아맞힌다. 또 재롱이는 사과를 보면 안 그래도 동그란 눈이 1.2배 정도로 커지면서 똥그래지고, 내 착각인지 모르겠지만 눈이 정말로 반짝반짝 빛이 난다. 이쯤 되면 정말 사과 맞춤형 강아지라고 불러도 될 정도다.

하루는 내가 사과가 먹고 싶어 조용히 부엌으로 가서 조심조심 사과를 깎고 있었다. 그러다 문득 재롱이가 사과 깎는 소리를 들었을까 싶어서 고개를 들어 거실을 바라보았는데 재롱이가 보이지 않았다. '얘가 자고 있나? 어디 다른 데서 놀고 있나?' 생각하며 다시 사과를 깎으려고 시선을 아래로 두는 순간 슬쩍 보이는 하얀 털 뭉치. 이미 총알같이 달려와 내 발치에 붙어 기대 가득한 눈과 함께 목을 쭉 빼고 바라보고 있는 것이다.

또 다른 날은 밤 12시에 배가 너무 고파서 방 한쪽에서 푹 자고 있는 재롱이 몰래 거실로 나왔다. 그리고 베란다에 쭈그리고 앉아 조용히 사과말랭이를 먹고 있는데 갑자기 느껴지는 인기척. 슬며시 뒤를 돌아보니 누가 봐도 방금 자다 나온 얼굴과 한껏 헝클어진 머리, 한쪽 볼 털만 꾹 눌린 따끈한 모습으로 재롱이가 날 바라보고 있었다. 정말 깜짝 놀라서 사레가 걸릴 뻔했다. 놀라기도 놀랐지만, 그 모습이 너무 귀여워서.

우리 집 사과 귀신 재롱이.

재롱이의 작은 사과 한 입.

얼음이 된 재롱이

하루는 재롱이와 산책을 하고 있었다. 평소 재롱이는 부지런히 나보다 앞서가서 냄새를 맡기도 하고, 냄새를 맡고 오느라 나보다 뒤처지기도 한다. 그날도 서로 앞서거니 뒤서거니 하며 걸어가고 있는데, 신나게 뒤따라오던 재롱이가 갑자기 멈춰 섰다. 냄새를 맡고 오나 보다 하고 기다리는데 재롱이는 얼음이 된 것처럼 움직이지 않았다. 이름을 불러도 아무런 반응이 없었고, 심지어 왼쪽 앞발을 든 채 이상한 자세로 얼어붙어 있었다.

'뭐지? 왜 저러지?'

나는 의아하게 생각하며 재롱이에게 다가갔고, 얼음 재롱이의 원인은 발바닥에서 발견할 수 있었다. 재롱이의 발바닥에 껌과 마시멜로가 섞여 있는 듯한 흰색의 이물질이 붙어 있었던 것이다. '토도도도' 걷던 재롱이는 우연히 끈적이는 걸 밟았고 그게 발바닥에 착 달라붙자, 한 발을 든 채로 그대로 얼어붙어 있었던

것이다. 그 모습이 어찌나 웃기고 귀엽던지.

재롱이의 '얼음'을 얼른 '땡!' 해제시켜주고 싶었지만 나도 가지고 있는 휴지가 없는지라 근처 화단에 있는 나뭇잎으로 이 물질을 떼어내고, 집에 와서 발바닥을 씻겨주었다. 그제야 자유를 되찾은 재롱이었다.

너는 어떻게 길을 걷다가도 그렇게 웃긴 일이 생기냐. 일상이 다 귀여워, 정말.

첫 스케일링

묽은 침을 타고 났다는 재롱이도 10살이 되자 더 이상 스케일링을 미룰 수 없었다. 그러나 사람과 달리 강아지 스케일링은 전신마취를 하고 진행하기 때문에 걱정이 이만저만이 아니었다. 타고난 걱정쟁이인 나는 스케일링에 대해 찾을 수 있는 모든 정보를 찾았다. 하지만, 찾으면 찾을수록 걱정은 커져만 갔다. 여러 동물병원에 대한 후기, 스케일링 후 후회하는 의견, 그 의견에 대한 또 다른 의견, 특히 당시는 강아지 전신마취로 인한 사고가 유독 잦았던 시기여서 내 불안감은 정점에 달해 있었다. 하지만 스케일링을 더 이상 미룰 수 없었고, 무엇보다 더 늦추면 재롱이 나이에 대한 부담도 있었기에 심사숙고해서 진행하기로 하였다.

스케일링하는 당일, 여덟 시간의 금식으로 힘이 없는 재롱이를 안고 병원으로 향했다. 강아지를 키운다면 누구나 하는 스케일링이지만 나는 항상 극한의 상황까지 생각하고 사는 사람

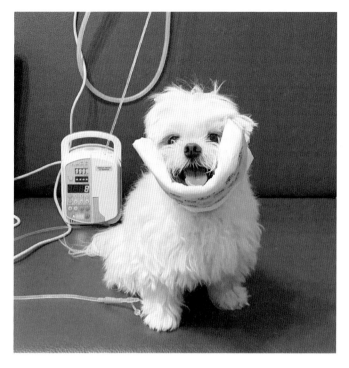

스케일링하고 나온 재롱이.
아직 해롱해롱하다.

이라 단단히 각오하고 갔다. 재롱이가 수술실에서 나오기까지
한 시간 반 정도 시간이 걸렸는데 그 시간이 어찌나 길게 느껴
지던지. 다행히 스케일링은 잘 끝났고, 수술실에서 나와 내 품에
안긴 재롱이는 마취가 덜 깬 탓인지 우리 재롱이 같지 않았다.

원래 수의사 선생님들의 손에 있다가 나에게 넘어올 때는 어떻게든 빨리 오려고 수의사 선생님 명치를 앞발이며 뒷발로 마구 차는 활발한 강아지인데 이날은 어떤 미동도 없이 힘없이 나에게 폭 안겼다. 그 모습이 안쓰러웠고, 동시에 잘 마쳐서 다행이라는 마음에 긴장이 풀려서인지 내 손이 덜덜 떨렸다.

재롱이를 데리고 집에 돌아왔지만, 마취 기운이 남아서인지 재롱이는 한참을 해롱해롱했다. 몸도 잘 못 가누고 침도 줄줄 흘리는 낯선 모습이었다. 나는 그런 재롱이에게 말했다.

"괜찮아. 누나가 다 해줄게. 침 흘리면 다 닦아주고, 가고 싶은 곳 있으면 안아서 데려다줄게. 밥도 먹기 힘들면 손으로 떠먹여줄게. 재롱이는 편안하기만 하면 돼."

재롱이에게 한 말이었지만, 동시에 나 스스로 하는 다짐이었다.

사실 무섭다

재롱이가 일고여덟 살쯤부터, 유튜브를 시작하고 인스타그램에
재롱이의 일상을 거의 매일 올리기 시작하던 그즈음부터, 어느
순간 재롱이를 향한 내 사랑이 달라졌다고 느꼈다. 나는 재롱이
가 이 집에 오던 순간부터 단 한순간도 재롱이를 사랑하지 않은
적이 없고, 늘 애정을 담아서 재롱이를 보살폈다. 그런데도 그 시
절의 재롱이를 향한 내 사랑이 마치 뭉게뭉게 하트 모양의 구름
같았다면, 지금은 굵은 외곽선으로 선명하게 그려진 진분홍색의
하트 같다. 늘 한결같이 사랑했는데 그 와중에 더 깊고 진한 사
랑이 또 있었던 건지….

　문제는 이따금 이 감정이 무섭게 느껴진다는 거다. 그냥 재
롱이를 보기만 해도 웃음이 나올 때, 재롱이와 같이 뒹굴며 즐거
울 때, 곤히 잠든 재롱이를 바라볼 때, 이 유한한 행복에 대한 두
려움도 함께 찾아온다. 그리고 1년, 2년, 해가 넘어갈수록 이 감

정은 점점 커져만 간다. 건강하고 밝은 재롱이와의 지금을 더없이 행복하게 즐겨야 하는 게 맞는데, 왜 이렇게 벌써부터 가슴에 고슴도치가 들어앉은 것처럼 쿡쿡 쑤시는지 모르겠다.

재롱아, 너와의 사랑은 점점 짙어져.

재롱이

내가 생각하는 재롱이는 굉장히 쿨하고 남한테 관심이 없는 성격이다. 재롱이 삶에 우선순위를 매겼을 때 1순위는 먹는 거, 2순위는 자기 자신, 3순위는 누나들을 비롯한 가족들, 그 외는 '안중에도 없음'이라고 하면 설명이 될까. 한번은 주인이 우는 척을 하면 강아지가 와서 위로해준다는 얘기를 듣고 우는 시늉을 해보았는데 재롱이는 신경도 안 쓰고 바로 옆에서 잘 놀고 잘 자더라. 나한테 너무 관심이 없는 거 아닌가 싶어서 살짝 서운하기도 했는데, 그런 재롱이의 성격은 오히려 큰 장점이었다. 재롱이는 '아니면 말고'라는 마인드가 강해서 매사에 크게 스트레스를 받지 않았고, 덕분에 강아지를 처음 키우는 우리는 큰 걱정, 고민 없이 재롱이를 키울 수 있었다.

그런데 그렇게 무던한 재롱이도 시간이 흐르니 조금씩 바뀌었다. 요즘 재롱이는 우리 집에서 '찡찡이'와 '떼쟁이'로 불린다.

원하는 게 있으면 가만히 앉아서 쳐다보다가 안 되면 말던 강아지가 이제는 원하는 것이 생김과 동시에 끙끙, 찡찡, 잉잉 앓는다. 처음에는 이렇게 소리를 내면서 의사 표현하는 재롱이가 웃기고 애기 같아서 귀여웠다. 평생을 무던히 눈빛으로만 말하던 애가 찡찡거리면서 '이거 해줘, 저거 해줘.' 하니 귀여울 수밖에. 그런데 문득 이런 생각도 들었다. 재롱이가 나이가 들어서 성격이 바뀐 건가.

10년 전의 나와 지금의 내가 다르듯이, 10년 전의 재롱이와 지금의 재롱이도 사뭇 다르다. 소리에 무던하던 아이는 이제 빗소리, 천둥소리를 무서워하는 아이가 되었다. 삑삑 소리가 나는 공을 가장 좋아하던 아이는 이제 얼굴과 팔다리가 달린 인형을 가장 좋아하는 아이가 되었다. 매일 베갯잇을 물어뜯던 아이는 이제 더 이상 베갯잇을 물어뜯지 않는 아이가 되었다. 어디를 가든 용맹하게 뛰어다니던 아이는 이제 낯선 곳에서는 안아달라고 조르며 품속에 파고드는 아이가 되었다. 겁 없던 아기 강아지가 어느새 취향이 생기고, 많은 것을 알며, 생각하는 강아지가 된 것이다.

지난 10년간 재롱이가 성장했듯이 앞으로 또 한 해, 한 해가 흐르면서 재롱이는 더 성숙해질 것이다. 물론 지나온 날들보다 슬프고 속상한 날들도 많아질 것 같다. 하지만, 그럼에도 불구하고 나의 모든 날과 재롱이의 지난날, 오늘날, 오는 날을 함께할 수 있다는 것이 얼마나 소중하고 감사한 일인지 알기 때문에, 나는 이 작은 강아지가 또 어떤 취향을 가지게 될지, 또 어떤 모습을 보여줄지 기대가 된다.

우리 집 막내, 영원한 우리 애기, 내 동생 그리고 나의 작은 소울메이트.

재롱이.

너의 모든 순간을 함께할게, 사랑해.

✿ ✿ ✿

우리 집 막내, 영원한 우리 애기, 내 동생 그리고 나의 작은 소울메이트.
재롱이. 너의 모든 순간을 함께할게, 사랑해.

사진첩

재롱이의
모든 순간

봄 재롱

재롱이 코에 봄이 묻었다

꽃보다 예쁘다!

여름 재롱

신난다!

잘 논 거 꼭 티내기

가을 재롱

꽁지머리 재롱이

재롱이의 얼짱 각도

겨울 재롱

눈 냄새를 맡다가 얼굴이 눈 범벅이 되었다

귀여운
재롱이 발자국

너 머리가
왜 그래?

재롱이는 가방을 좋아해

가방에 한번 들어가면
나올 생각이 없다

턱 괴기 좋아하는 강아지

자세가 꽤 불편할 텐데
꼭 누나 무릎 위에 있어야 하는 재롱이

졸리다...

식당에서 자기 차례를 기다리는 중

아주 신난 재롱이

나는 상추를 좋아해

상추다!   아~

왕!   맛있네...

내복 입은 재롱이

우연히 찍힌 재롱이 윙크 사진

또치와 아이들

또롱이, 재롱이, 또치
또롱이는 재롱이 여동생이에요!

재롱이 또롱이 10살 생일 기념으로
또치네 집에 모인 날

또치는 관심이 없다

케이크를 향한
초롱초롱한 눈빛들

밀짚모자 재롱

한복 입은 재롱이

패셔니스타 재롱이

공놀이 좋아

또 던져!

우리 집 공은 아니지만 공이라면 다 좋은 재롱이

동그란 뒤통수

가지런하고
동그란 재롱이 뒤통수

엘롱스틴

엘롱스틴 했어요~

브런치 먹으러 왔어요

어... 그 멍푸치노 내 건데...

멍푸치노 한잔할래?

우비 재롱

우비를 입으면 꼭 비가 안 오더라?

양말 신은 재롱이

재롱이는 동네 먼지를 다 쓸고 다닌다

꼬리랑 엉덩이도...

바다에 간 재롱이

포토존 줄 기다리는 게 지루한 재롱이

헤

아니 바람이...

즐거웠던 동해 바다
우리 또 가자!

훌라훌라 재롱

이게 뭐야?   오잉?

뭐지???

피크닉 간 재롱이

누나들이랑 한강 피크닉 간 날
재롱이가 제일 좋아하는 장난감도 챙기기!

신나!

피크닉 하기
좋은 날씨야

날아가면 어쩌지?

노란 풍선 달고
똥당똥당 걸어 다니는 재롱이

택배 왔어요

여기 백재롱네 집 맞나요?

✿

재롱이와 함께 크리스마스를

Merry Christmas~

새로운 친구들이 생겼다
재롱이와 산타 친구들

다가온다 쿵!

누나 나 간다~

쿵!

이 책의 인세 중 일부는
유기동물을 위해 쓰입니다.
세상의 모든 동물들이 행복하길 바랍니다.

재롱 잔치

지구최강 사랑둥이 강아지 재롱이의 성장일기

1판 1쇄 인쇄 2023년 4월 10일
1판 1쇄 발행 2023년 4월 20일

글·사진 재롱이 누나
펴낸이 김성구

책임편집 이은주 **콘텐츠본부** 고혁 조은아 김초록 김지용 이영민
디자인 MALLYBOOK 최윤선, 정효진, 이예령
마케팅부 송영우 어찬 김하은 **관리** 김지원 안웅기

펴낸곳 (주)샘터사
등록 2001년 10월 15일 제1-2923호
주소 서울시 종로구 창경궁로35길 26 2층 (03076)
전화 02-763-8965 (콘텐츠본부) | 02-763-8966 (마케팅부)
팩스 02-3672-1873 | 이메일 book@isamtoh.com | 홈페이지 www.isamtoh.com

© 재롱이 누나, 2023, Printed in Korea.

ISBN 978-89-464-2236-0 03810

샘터 1% 나눔실천
샘터는 모든 책 인세의 1%를 '샘물통장' 기금으로 조성하여 매년 소외된 이웃에게 기부하고 있습니다.
2021년까지 약 9,400만 원을 기부하였으며, 앞으로도 샘터는 책을 통해 1% 나눔실천을 계속할 것입니다.